Eris, la diosa
y otras historias cínicas

Literatura Mondadori, 271

Eris, la diosa

y otras historias cínicas

ANNA WOHLGESCHAFFEN

MONDADORI

Barcelona, 2005

Travessera de Gràcia, 47-49. 08021 Barcelona
Primera edición: mayo de 2005
Printed in Spain – Impreso en España
ISBN: 84-397-1079-8
Depósito legal: B. 21.772-2005
Fotocomposición: Fotocomp/4, S. A.
Impreso en Limpergraf
Mogoda, 29. Barberà del Vallès (Barcelona)

GM 1 0 7 9 8

ÍNDICE

Rápido, indoloro y civilizado 9
Ferrari 250 GTO 85
Eris, la diosa 151

RÁPIDO, INDOLORO Y CIVILIZADO

Me han despedido.

Ayer, nada más subir de desayunar. Por eso estoy aquí, en el SMAC. Llegué muy temprano, tal y como me dijeron en la compañía, para que me atendieran hoy, que no me dejaran para otro día. Una cola muy larga. Yo era de las primeras. Siempre fui puntual, desde pequeña. Por las monjas, debió ser. Nos educaban bien, con más cariño que firmeza. La vida de ahí fuera no es como la de aquí, nos decían. Y tanto que no. Fui adonde me señaló una señorita muy antipática, una ventanilla con un cartel que ponía «CON AVENENCIA». Ahí me tocó esperar cerca de media hora, pues los obligados a ser puntuales somos nosotros, los despedidos. Los funcionarios, no. Ellos llegan cuando quieren. Al fin, serían las nueve y diez, me vi frente a un señor que ni me miró, ni tampoco dijo buenos días. Le tendí mi carta de despido, y mi demanda. Las dos me las habían hecho en la compañía. Todo en regla, todo en orden. Yo también.

¿Hay avenencia? ¿Está segura? Contesté que sí, que ya estábamos de acuerdo. «Querrá conciliar hoy, supongo. Bien. Pues... a la una, despacho número trece. ¿Llama usted a su empresa o prefiere que lo hagamos nosotros? Sí, claro. Mejor si lo hace usted. Muy bien, pues aquí tiene.» Me tendía, selladas, las copias de la carta y la demanda. «El siguiente, por favor.»

Ya estaba. Rápido, indoloro y civilizado, como dice cada dos por tres el malnacido del Despiderman. No hará falta que les explique por qué le llamamos así, ¿verdad? Debería decir *le llamábamos*. Ya no estoy en la compañía, ya no formo parte de ella, no soy una empleada. Una empleada ejemplar, no les quepa duda. Tampoco les cabe a ellos, pero les da igual. Sobro.

Veinticinco años en la casa. En Navidad me dieron el reloj del cuarto de siglo. Qué diferencia con otros tiempos. A Rosa, la de nóminas, que los cumplió hace tres, le regalaron un Baume & Mercier, de oro. Una preciosidad. Mal, muy mal deben estar las cosas, porque a mí me tocó un Swatch de plástico legítimo. Un síntoma, uno más de los muchos que percibíamos, aunque ya saben eso de la rana, que si metes una en una olla llena de agua fría, y ésta se pone a calentar, pero despacio, muy despacio, la pobre rana se cuece sin darse cuenta de que la están cociendo. A nosotros nos pasaba lo mismo. Nos cocían, pero no queríamos darnos por enterados. No queríamos saberlo. Sobre todo, los más antiguos. Como yo. A nosotros no nos pasará, llevamos aquí toda la vida, despedirnos les saldrá muy caro, no tendrán tan mala entraña... Jolín, que si tenían. Que tienen.

Hay un VIPS aquí abajo. Debe ser como el de al lado de la oficina, donde suelo desayunar. Donde solía, que ya no lo haré más. No en ése. Podría bajar al de aquí, pues tengo por delante tres horas y pico, pero no me apetece. No estoy mala, no me pasa nada y además hace buen día, muy soleado, esos tan agradables de abril en Madrid. Sólo pasa que no quiero, que no tengo ganas. Prefiero seguir aquí, en un rinconcito donde casi ni se me ve. Pequeñita cual soy, tapada por un tiarrón que será tres veces como yo, resulto invisible. Es lo que prefiero, que no me vea nadie. Ridículo, ya lo sé, pero me moriría de vergüenza si alguien me viese aquí. Me da igual pensar que es otro despedido, un desgraciado como yo. No quiero y no quiero. Aunque yo sí les puedo ver. A los otros despedidos. A los otros desgraciados. No es un espectáculo bonito, no me gusta verlo, pero aun así prefiero seguir aquí, mirando, a irme por ahí, a pasear.

No es una reacción que me pille de sorpresa. De sobra sé cómo soy. Por eso traigo mi desayuno. En seco, que aquí no te guardan el sitio si te levantas por un café. Tengo una bolsa de huesos de san Expedito. Indigestos, y hacen que me salgan granos, y engordan, pero esta mañana no pienso llevarme la contraria. Solterona, bajita, fea, cuarenta y ocho cumplidos, ¿qué más da que pese un kilo más o menos? Mejor, ¿a quién le puede importar que lo pese? Hace diez años aún era capaz de mentirme, pero ahora bien claro lo tengo: a ti, Pili, nadie, nunca, te ha mirado el culo. Ni te ha mirado nada. Nunca he tenido nada que se pueda mirar. Que se pueda desear. Jamás he tenido que defenderme de un tío. Que defender mi virtud. Con ella me voy a morir, intacta. Qué mala suerte, jolines, tenemos las pobres mujeres con las que nadie ha querido fornicar.

He traído algo más que mis huesos, los del buen san Expedito. Un libro. *Vida de una geisha*, de una tal Mineko Iwasaki que se lo montó mejor que yo, no les quepa duda. Leo poquito a poquito, como hacemos las que sólo leemos en el metro. Seis o siete páginas cada vez, nada más. Ahora podría leérmela de un tirón, pero veo difícil cambiar de hábitos. Ésa es otra: qué haré con mi tiempo a partir de mañana. Desde ayer he oído miles de tonterías. Igual no lo son, igual sólo es que me quiero meter en la cama, taparme la cabeza y apagar la luz. No lo sé. No aún. Aunque sí sé qué haré mañana. De las pocas cosas inteligentes que alguien me dijo ayer, y tuvo que ser la zorra de mi jefa. Sé práctica, Pili. Lo primero, al INEM. Igual te llevas una sorpresa y hay algo para ti, esperando. Es lo que más me revienta de Ana, que siempre sale con la palabra justa, con la idea más atinada, con algo tan sensato y lógico que nadie lo ha pensado antes. Como despedirme. A ninguno se nos había ocurrido. Bueno, igual sí. Probablemente, sí. Lo debían saber todos, pero nadie te dice nada, nunca. Es natural. Si alguien te avisa corre un gran peligro: que vayas a la jefa y le digas: ¿Es verdad lo que me ha contado fulanito?, y le dejas con el culo al aire, sin saber dónde meterse y expuesto a que le despidan a él también. O a ella, si es eso tan extraño, tan inhabitual, que antes llamábamos *amiga*. No, yo no lo habría hecho. No lo hice alguna vez que yo sabía lo que ignoraba cualquier otra Pilar inespecífica, cualquier otra que tampoco sabía que nada más subir del VIPS se la iban a cepillar.

Voy por la página 27. *A pesar de que no viví demasiado tiempo en casa de mis padres, en los pocos años que estuve junto a ellos me dieron consejos que me han resultado útiles durante el resto de mi vida.* Toma ya. Las cosas que te dicen estos libros idiotas escritos para mujeres imbéciles. Me lo vio Ana, más o menos hará un mes, encima de mi mesa. No dijo una palabra. No hizo ningún gesto, nada que se pudiera considerar ofensivo, pero yo sé, que llevo muchos años con ella, que así es como desprecia. No sé qué lee, si es que lee algo. Supongo que sí, porque para escribir bien hace falta leer mucho, y ella escribe que da gloria. Soy objetiva, ya lo ven. La odio, la mataría, pero reconozco lo que vale. Lo que sabe. Ana escribe como habla, de maravilla. Yo fui su primera fan, su primera incondicional, tanto en español como en inglés, y un día nos dejó helados, a todos, al oírla en catalán. Una madrileña como ella, de los pies a la cabeza, y parecía el Pujol.

Yo tampoco viví demasiado tiempo en casa de mi madre; digo *mi madre* porque a mi padre se lo llevó una pulmonía cuando yo aún tenía coletas. Ni ustedes lo habrían hecho, de haber nacido en Lerma. El mejor pueblo del planeta, se lo juro, para irse de allí. Así pasa, que todo el mundo se va en cuanto puede. La mayoría se conforma con Burgos, dos o tres tardes por semana. En comparación, Manhattan. Los fines de semana se meten unos cuantos en un coche y hala, carretera y manta, todos a casa de la Pili. Bueno, ahora ya no. Mi piso es pequeño, de sólo dos dormitorios. El segundo lo tengo alquilado a una funcionaria del Ministerio de Agricultura. Las visitas, ya lo habrán imaginado, apenas necesitaban dormir. Se conformaban con dejar las cosas donde cayeran, y en todo caso dar una cabezada de buena mañana, en el sofá, en la butaca o en el santo suelo. A mí me fastidiaba, no puedo decir que no, pero mi madre me insistía, ten paciencia, un día volverás al pueblo, no puedes romper con todo el mundo, no puedes ser un cardo borriquero, entiéndelo, no puedes acabar con Lerma. La que sí pudo fue la funcionaria. Mira, Pili, no es por ti, pero esta casa se ha vuelto inhabitable. Una vez, lo entiendo. Dos, también, pero de tres meses acá, de viernes por la tarde a domingo por la noche, aquí no hay quien viva. Si no puedes cortar con esto, me lo dices y me voy a otro sitio. Yo no quería que se marchara. No éramos amigas, pero hablábamos, veíamos la tele juntas, suspirábamos a la vez cuando salía George Clooney en *Urgencias* y nos hartábamos de llorar con *Tengo una carta para ti*. Sin ser amigas éramos inseparables. ¿Dónde iba yo a encontrar una chica como ella, tan ordenada, tan silenciosa, tan limpia... tan como yo? Perdió Lerma. Un disgusto con mi madre, pero a veces hay que ponerse muy seria. Como me puse a los veintiuno, cuando le dije que no podía seguir allí, que se me caía el pueblo encima, que no quería pasarme la vida siendo la manceba de farmacia de mi tía Gadea, la Supertacañona. La gran aventura de mi vida. La única, también. Nueve meses en una casa de familia, cerca de Londres, un pueblecito de mucho dinero que se llamaba Virginia Waters. La señora de la casa me aceptó nada más verme. Si seré pánfila, que tardé semanas en comprender. Antes que yo habían pasado por allí cantidad de *baby sitters* de todos los países, alguna española también. El marido, sin dejar una, se las quiso... bueno, ustedes ya comprenden. Un verdadero cerdo de hombre. Aún me da repelús recordarle. La señora pensó que con un callo mañanero como yo dejaría de haber peligro. Acertó, para mi desgracia. Hoy soy fea, pero de cuarenta y ocho. Invisible, más que fea. Con veintiuno debía ser un insulto a la primavera. El hombre ni se acercaba. Los niños, tampoco. No les gustaba. Yo, en reciprocidad, no les aguantaba. No porque fueran particulamente insufribles, que lo eran, sino porque no soporto a los niños. Quizá por saber que jamás voy a tener uno, que soy demasiado fea para que a ningún hombre le apetezca embarazarme, cosa que cuando habría podido suceder me daba el mayor de los espantos. Pero ¿por dónde podría parir yo, vamos a ver?, me decía mirándome al espejo estas caderas de crucificado con que Dios me crucificó. Entre eso, lo mal que se comía, lo guarros que eran, que allí nadie se lavaba con todo el dinero que tenían, y que tampoco Londres me gustaba, que me daba miedo, no conocía a nadie y nadie quería conocerme, pues me volví a los nueve meses. Hablando, eso sí, un inglés más que pasable. No por mis señores, sino por la escuela donde iba y lo que se me pegaba de la tele, que me dejaban verla con ellos a cambio de quitarles los puñeteros niños de encima.

Fue regresar a Lerma y volver a sentir que allí me moría. Entonces, mi golpe de suerte. La sonrisa de los dioses, como dice la golfa de mi jefa cada vez que le gana un asunto a la competencia, y en los últimos años ella es la única que consigue cuentas nuevas, a saber cómo lo hace. Sucedió que un día cualquiera, conmigo en la farmacia muerta de asco, vino mi tía desde Madrid con el *ABC* a medio leer. Lo dejó en el mostrador, y como a la hora de la siesta no viene nadie lo abrí por las esquelas, que por ahí se debe abrir el *ABC*, pero me pasé de página y caí en las ofertas de trabajo. «Compañía multinacional selecciona secretarias. Taquigrafía, mecanografía, inglés hablado y escrito.» Ni siquiera lo de buena presencia, o de tantos a cuantos años. Tampoco pedían experiencia. Yo tenía tres cursos de secretariado en la mejor academia de Burgos, y cuatro meses de prácticas en la sucursal de la Caja de Ahorros del Círculo Católico, de qué me habrá valido, ser católica, y mi acento de Virginia Waters sólo había envejecido quince días. Ni me lo pensé, cosa rarísima, porque siempre me lo pienso todo siete veces. Me citaron. No dije nada en casa. El día de la entrevista, que gracias a Dios me la pusieron a las doce, cogí el autobús de La Continental, que te dejaba en Alenza sobre las diez, y a mediodía, como un clavo, estaba con seis o siete chicas más en el antedespacho del director de personal. Casi me puse a rezar el rosario. Señor, que me cojan, Señor, que me cojan. Me cogieron. No sé si porque mi acento inglés les sonó mejor que los acentos de las otras, si porque me pareció de maravilla la miseria que ofrecían, o si el Señor hizo que me contratasen a ver si me callaba de una puñetera vez. No tenía ni dónde dormir, pero Rosita la de nóminas, que allí la conocí, se quedó de muestra cuando le dije que no vivía en Madrid, que venía de Lerma, nada menos. Le debió hacer gracia, o le dio lástima –en Personal nadie me preguntó dónde vivía, como es natural; nadie se podía imaginar que me había fugado con lo puesto–; el caso es que salió de su despacho y al cabo de un rato volvió con Pepita, una chica más o menos como ella, gordita, simpática, que vivía con otra y buscaban una tercera.

A la hora de comer llamé a casa, tras armarme de valor. Mamá, que me quedo aquí. Me he puesto a trabajar. Una multinacional enorme, tendrías que ver las oficinas. Mira, no quiero discutir. Si haces el favor, metes mis cosas en mi maleta y me la mandas mañana en el autobús de La Continental. No me hagas eso, por Dios te lo pido, que no tengo ni bragas para cambiarme. Que no y que no, que yo no vuelvo a Lerma. No, que luego no me dejas volver. Pues si no lo haces, salgo esta tarde y me vendo el virgo –no se rían; de sobra sé que no se puede decir nada más estúpido, ni más cursi, pero tendrían que conocer a mi madre; a ella sí que le hizo efecto–, y luego me voy a Sepu y me compro una minifalda. Si le hubiera dicho que me compraba una pistola y atracaba un banco no le habría hecho más impresión. Así, al día siguiente, me junté de nuevo con mis cosas. Con mis vestidos. Con mis zapatos. ¿Se lo quieren creer? Uno de mis suéters de aquellos tiempos, negro, muy bonito, de cachemir, que había comprado en las rebajas de The Scotch House, es el que llevo puesto ahora. Nosotras, las de Lerma, nunca tiramos nada.

Pocas personas han entrado en su primer trabajo más ilusionadas que yo. Todo era nuevo para mí. La empresa, los compañeros, Madrid, vivir con gente joven, salir... vivir, o lo que para mí era vivir, que ahora ya sé no era nada, o nada comparado con lo que hoy es vivir, pero a mí, tras veintidós años en Lerma, me parecía el despendole total, la toma de La Bastilla trufada de Mayo del 68. Cómo me sentía por las mañanas, cuando cogía el metro con Pepita y antes de subir a la oficina nos tomábamos sendos cafés con churros en un bar, casi al lado de donde por entonces estaba la compañía, un edificio de once plantas que hoy ya no existe. Lo han demolido, como nos demuelen a nosotros. En cierto modo venimos a ser lo mismo. Escombros.

Mi puesto inicial terminó siendo el final: secretaria del departamento de transportes y comunicaciones. Veinticinco años haciendo lo mismo. No, lo mismo, no. En lo conceptual, quizá, pero la tecnología, los usos y las costumbres de 2003 nada tienen que ver con los de 1977. Yo era secretaria-secretaria. Mi primera devoción, el director del departamento. Me deslumbraba, para qué decir otra cosa. Todo un señorón. Alto, guapo, de treinta y pocos, cultísimo, un estilo fantástico y de muchísimo éxito. Personal y profesional. Enigmático, también. Al minuto de hablar con él ya me quedé lela: Pilar, tenga siempre bien presente que soy aragonés, ingeniero y leo; que no se le olvide. No se me olvidó, aunque debo confesar que me costó entender. Que fuera maño, bueno. Ingeniero, también. Ahora, que leyera... pues qué cosa tan normal, ¿no? Fue uno de los vendedores, el más majo de los tres, que se llamaba Poli –bueno, Policarpo, pero como no era culpa suya todo el mundo le decía Poli–, el que me aclaró que no, que no era que leyera, sino que su signo era Leo. Aaah, contesté. No sabía yo que a eso se le debiera dar importancia, pero empecé a fijarme, y vi que sí, que allí todo el mundo iba con su signo por delante. Yo soy Piscis, por cierto, pero como si fuera de Mondoñedo, porque a mí nunca me ha valido para nada.

Al señor Pérez-Zapatero –qué diferencia, ¿verdad?; hoy en día eso sería un arcaísmo, porque no hay secretaria moderna que llame a su jefe señor Tal o señor Cual, pero yo era de las de antes, las del plan antiguo, como lo era la empresa; el director general era don Luis; los directores de departamento eran el señor Fulánez o el señor Mengánez; el resto de los empleados eran González, Gómez o Martínez, menos los más próximos, que se dejaban degradar a Manolito, Emilín o Juanito; por último, nosotras, las secretarias, que para todo el mundo éramos Mariví, Conchita, Pepita o Pili, con una sola excepción, la del director general, que para todos, directores de departamento también, era la temible señora de Garaicoechea; como podrán imaginar, de un nivel a otro se practicaba el usteo más absoluto, y también cuando, en la misma categoría, la gente se trataba de García y de Fernández; el tuteo sólo se toleraba entre las castas inferiores, aunque tampoco era raro entre los que nos llamábamos por los nombres y no por los apellidos; era, por extraño que les pueda parecer, una práctica encomiable; gracias a ella todo el mundo sabía cuál era su sitio, dónde comenzaba y dónde terminaba su espacio sociolaboral, de modo que nadie se confundía, nadie se agrandaba, nadie se aupaba sobre su verdadera posición; todo fue a peor cuando se cargaron a don Luis, nos pusieron un catalán más a la moderna y la gente comenzó a tutearse, y a mascullar *collons*, y también *la mare que et va parir*; así pasó, y si no lo entienden vean cómo fue mi vida con mi jefa: Ana y Pili, Pili y Ana, siempre de tú, bajando a desayunar cogiditas del brazo, como si fuéramos amigas y durante un tiempo hasta pensé que lo éramos, y luego va la guarra y me despide sin compasión, y sin anestesia; si un consejo les puedo dar es que hagan como los franceses: trátense de usted–, yo al señor Pérez-Zapatero hacía todo: le cogía las llamadas, le marcaba los números, no dejaba pasar a nadie sin que lo dijera él, le traía cafés, le colocaba los periódicos, le redactaba las cartas –no al principio, porque no sabía, pero pronto aprendí–, le reservaba los restaurantes, los hoteles, los aviones y los coches cuando se iba de viaje, le conseguía las divisas, le llevaba sus agendas, la del trabajo y la personal... si hubiera tenido pito hasta le habría entretenido a la señora –por Dios, no den esto por leído; qué ordinariez, pobre de mí–. Un día se fue. No era culo de buen asiento. Quería prosperar, pero allí no podía, se había hecho demasiados enemigos. Acabó en la competencia. Yo, tonta de mí, pensé que me llevaría con él, pero eso de las secretarias pegadas de por siempre al trasero de su jefe no es verdad, no se lo crean. Al llegar a su nuevo despacho le dijeron ésta es la que tienes, y como debía de estar buena le pareció bien y me borró de su memoria. Me dolió, qué quieren que les diga, pero la vida es así, endurecerse para crecer, y además tenía poco tiempo para entristecerme, porque tras él vino uno que no era Leo, era Virgo, que son peores, y así tres o cuatro más, hasta que apareció Ana, que por si algo le falta es Aries con ascendente Aries, o Aries al cuadrado, como Hitler, pero eso fue al final, no me quiero adelantar, hay muchas cosas por en medio que necesito explicarles. O que necesito explicármelas, porque, ya me lo pitufo, en los veinticinco años que pasé allí nunca entendí nada.

Además de atender al director debía ocuparme de los vendedores. Era mi trabajo principal, porque mimar al jefe no me ocupaba mucho. Los vendedores trabajaban y me hacían trabajar. Lo peor, mecanografiarles sus borradores. Los de Oferta, en particular, eran verdaderas pesadillas. Docenas de páginas escritas a mano, en las cagaditas de mosca de cada uno de ellos, que yo debía pasar a máquina en una IBM Typewriter, ésa de la pelotita enloquecida. Horrible, aunque dentro del espanto lo de veras criminal eran las configuraciones. Ellos escribían referencias, precios, cantidades y totalizaban los importes. Yo debía tirar de catálogo, comprobar las referencias y los precios, y copiar desde ahí la descripción comercial de cada producto. Lo hacía como si leyera chino en vez de castellano, porque todo eso de «bloque integrado de canal multiplexor asimétrico con cuatro canales selectores de flujo simultáneo en modo full-duplex», por ejemplo, me parecía entre blasfemia y cosa del demonio, pero también era verdad que me hacía sentirme importante. Su confianza en mí era total, y había que tenerla para no pensar que un error lo comete cualquiera, y que bien podría describirles un procesador central como si fuera una compresa sin alas. Además de eso debía enviarles los teletipos –no se había inventado la internet–, hacerles fotocopias, ponerles faxes, prepararles transparencias cuando tenían que hacer presentaciones, cogerles los teléfonos cuando salían, darles los recados cuando volvían, reservarles restaurantes cuando comían y, en fin, todo lo que una secretaria de veras abnegada puede hacer por varios vendedores tan déspotas como malacostumbrados. En ocasiones me tiraba diez horas sin levantarme de la mesa, medio loca de trabajo, haciendo seis o siete cosas a la vez, sin acordarme ni de hacer pis, pero no me incomodaba. Los míos, depués de todo, eran majos, los tres. Más que la mayoría. He dicho *los tres* porque si bien los jefes cambiaban con frecuencia, y en los años buenos hubo hasta seis vendedores, ahora sólo hay dos, y no diría yo que verdaderos vendedores; son, más bien, los esbirros de la jefa, sus esclavos, los que preparan los papeles, los llevan y los traen, hablan con gentecilla, resuelven los líos administrativos, pero vender, lo que se dice vender, ella es la que vende; si no por otra cosa, porque sólo ella tiene trato con los contactos importantes, los que toman decisiones, y ahí no deja entrar a nadie, ni al propio director general, que la teme, como la tememos todos; bueno, yo ya no la temo, pero sólo es porque me ha matado. Los tres del principio estuvieron todo el tiempo, hasta que los fueron echando. Los otros fueron aves de paso; acabaron marchándose a otros departamentos, o a otras compañías. Mis tres del principio eran... mis niños. Poli, Pepe y Paco. Parece coña, ¿verdad? Pues no, que se llamaban así –los de ahora, más elegantes, se llaman Borja-Pablo y Álvaro-Luis–. Los conocí jovencitos, de treinta o poco más, y nos fuimos haciendo mayores a la vez, sin apenas darnos cuenta.

Mi favorito era Poli. El más bueno. De bondadoso, buena persona. Quizá por eso nunca le fueron bien las cosas. Para vender, lo aprendí de Ana, es preciso tener muy mala leche, sobre todo si el mercado está mal, si la competencia es fuerte, si las cosas, en general, no van bien. Pepe tenía remango. Más vivo, más espabilado, pero más vago. Aun así, durante muchos años, mientras la tecnología de la casa fue de las punteras, se las apañó para ser de los mejores, los que ganaban más dinero, los que jamás fallaban un Quota Club. Se lo explico: una vez al año, a los vendedores de cada subsidiaria que hubieran alcanzado sus objetivos les llevaban a un sitio más o menos paradisíaco, les daban una conferencia sobre lo bien que iba todo, les dejaban hacer el bestia cuanto quisieran y al final les ofrecían una cena de gala con artistas famosos, que una vez hasta llevaron al Kirk Douglas, y a los mejores de todos ellos les daban un premiecillo, o no tan premiecillo, que Pepe ganó una vez unas vacaciones en Disneyworld, con la señora y los chicos. Una semana de despiporre, de beber hasta morir, de irse cada noche de fulanas –estaba prohibido llevar a las mujeres, para no estropear el plan a los demás; las vendedoras, que aunque pocas también las había, sobre todo alemanas y vikingas, no necesitaban fulanos; ya fulaneaban ellas todo lo que les daba la gana–, de jugar en los casinos, comer como salvajes, bucear, jugar al golf... A nosotras, las secretarias comerciales, que los conocíamos como si los hubiéramos parido y sabíamos lo poquito que valía cada uno, oír hablar de todo eso nos cabreaba muchísimo, porque nadie se acordaba de nosotras, de que sin nosotras aquellos inútiles no habrían vendido absolutamente nada, pero así eran el mundo y las multinacionales informáticas, que, como los tíos, son todas iguales.

Paco era distinto. Ingeniero de Telecomunicación. Se le notaba. El único que de veras sabía de qué hablaba. Su problema era que nadie le comprendía. Era preciso saber tanto como él para entender las maravillas que ideaba, pero no había muchos así, ni en los clientes ni en la propia casa. Por eso era tan irregular. De vez en cuando sacaba un contrato colosal, pero luego se pasaba la tira sin hacer la cuota, sin alcanzar sus objetivos. Malo era eso en una empresa como la nuestra. Mientras las cosas fueron bien, y sus años malos se compensaban con los *overachievements* que conseguían los demás, pasó inadvertido, pero cuando eso se acabó y todos comenzaron a ir como putas por rastrojo, con perdón, empezó a pasarlo muy mal.

Pasarlo mal no era un concepto uniforme. Los había solteros, golfos, tan despreocupados que les daba todo igual. Ésos no lo pasaban mal. De hecho, vivían tan relajadamente que les salían mejor las cosas, vendían más. Otros, más serios, se casaban e intentaban crear una familia. Mientras siguieran sin niños, la mujer trabajando y de alquiler, bueno. Podían capear cualquier temporal e incluso largarse dando un portazo si les hacían alguna cochinada de territorios, ya saben, un vendedor consigue una buena cuenta, pero antes de poder explotarla, que ahí es donde se gana el dinero grande, llega el jefe y se la pasa a un paniaguado para repartirse con él las comisiones; una cerdada y una inmoralidad, pero allí estaba poco menos que a la orden del día, y apañado iba el que no tragase. Lo malo era cuando compraban la casa, tenían los hijos y se entrampaban hasta las cejas. Era lo peor y lo mejor de vender ordenadores en esos tiempos, los setentas, los ochentas y los primeros noventas, que siendo empleados de tipo medio, de salarios normalitos, podían ganar en comisiones verdaderas fortunas; ahí venía el riesgo, porque a vivir bien, a contruirse una casa en la Moraleja y amarrar un barquito junto al apartamento de Puerto Banús se acostumbra uno muy pronto, pero cuando se les acababa la racha y se pasaban un año en blanco, entrándoles el salario a palo seco, ya estaban perdidos. Ahí les esperaba la compañía. Los jefes. A unos, a los que vendían porque vender era inevitable, porque las grandes cuentas a menudo compran ellas solas, para despedirles sin piedad; no lo podían hacer mientras ganasen dinero, porque las indemnizaciones se pondrían en un Congo, pero cuando se acaba el año en cero se acaba también con unos ingresos ridículos en los últimos doce meses, y como las indemnizaciones se calculan partiendo de ahí, de lo ganado en ese tiempo, se ponían baratitos de despedir, y así, a la que cumplían el año de no ganar un duro, ¡zas!, a la puta calle. Al puto SMAC.

A los otros, a los que sí valían, no les echaban, pero les cambiaban el plan de incentivos, de forma que jamás volvieran a forrarse. No les podían obligar, pero les chantajeaban: si no tragas, ya sabes, que ahora estás barato. Tragaban, por supuesto. ¿Adónde iban a ir, si no? ¿A la competencia, para empezar de cero y con un plan de incentivos que no sería mejor, porque las vacas gordas se iban muriendo para todos? Más vale lo malo conocido que cualquier multinacional por conocer, y se quedaban. Amargados, jodidos, encabronados, pero se quedaban. Pocos, muy pocos en esa condición eran capaces de plantar cara e irse a otro sitio, arriesgándose a fracasar, a que los volvieran a despedir. La gente no es valiente. Los vendedores, sobre todo los que se han acostumbrado a unos ingresos disparatados, los propios de un altísimo ejecutivo pero sin ser altísimos ejecutivos, apenas unos pobres infelices que habían tenido la suerte de vender ordenadores en unos tiempos donde cualquier maquinillo de medio pelo valía cien millones de pesetas y dejaba un margen del noventa por ciento –así se pagaban las comisiones que se pagaban, y que más de uno repartía con su cliente, pero ésa es otra historia–, son la cosa más cobarde que yo haya visto en este mundo. Así acabó por irles. Si la compañía languideció tanto y tan profundamente no fue sólo por obsolescencia tecnológica, que miren a mi jefa, con todo lo bicho que es, la jodía, siempre se ha forrado a vender y a ganar montañas de dinero. Fue, también, que los vendedores estaban como castrados por tantas arbitrariedades y tantas alcaldadas. Viejos. Pasados de moda. Me despidieron ayer, y al salir me pregunté, sin saber por qué, cuántos vendedores de aquellos que conocí hace veinticinco años aún seguían en la casa, vendiendo, haciendo dinero, y caí en la cuenta de que no quedaba ninguno.

Los años fueron pasando sin que apenas lo notáramos. La tecnología, sin embargo, evolucionaba. Eso habría debido alertarme, pero recuerden lo de la rana y la olla. Me refiero a la tecnología de oficina, no a la que vendía la compañía. Yo empecé con la máquina de escribir eléctrica, el teletipo, el proyector de transparencias, el teléfono-centralita, el pago en caja y contra factura, las reservas –aviones, hoteles, coches, restaurantes– por teléfono. Todo se resolvía, todo se procesaba, se vendía y se compraba tratando con alguien, discutiendo con alguien, hablando con alguien. Todo implicaba un trato personal. Humano. Demasiado caro, debía ser.

Primero llegó el PC. Que no se asuste nadie –nos dijeron–, que sólo es una especie de máquina de escribir, un poquito más aparatosa. Sí, por los cojones, y ustedes perdonen, pero aún me cabreo al recordarlo. Mientras no salieron de nosotras los tuvimos controlados, pero un buen día un vendedor mañoso, que los había, se hizo con uno. Al poco dejó de hacer borradores. Él escribía bien a máquina, se apañaba decorosamente con el teclado, de modo que se volvió autosuficiente de ofertas y de contratos. No digo que no le comprendiese, porque la secretaria de su grupo, la bruja de la Mariví, además de vaga, y pedorra, metía cada pata que te cagas –me perdonen, por favor; me voy calentando, sin darme cuenta, y me salen los dichos de mi jefa, que ya les dije habla de maravilla, y es verdad, habla divinamente tanto cuando habla bien como cuando habla mal; yo, la verdad, jamás he visto a nadie soltar tantas palabrotas de un modo tan elegante y tan exquisito; una vez le oí decir, ante un coro de salidorros a los que se les caía la baba mirándole las piernas, que te puedes cagar hasta en Dios que no pasa nada, siempre y cuando te cagues como una Grande de España–, pero el caso es que nos hizo la santísima. En cosa de meses, casi todos ellos se habían hecho cada uno con el suyo. Lo comentábamos entre nosotras. Si seríamos idiotas que sólo nos fijábamos en lo superficial, en que trabajábamos menos y nos caían menos broncas, porque ya no nos equivocábamos; lo hacían los bobos de los vendedores, ellos solitos, nos decíamos muertas de risa, pero no era verdad: no se confundían.

Luego llegaron las conexiones. Antes había terminales, repartidos aquí y allá. Sólo los usaban los técnicos, pero tras ellos había enigmáticas bases documentales que a los vendedores les habrían ahorrado mucho trabajo, o les habrían permitido hacer ofertas mejores, de haber podido integrar sus contenidos. Con los terminales no había forma, pero sí con los PC. Al cabo de otro tiempo no había vendedor sin PC conectado, y todos aprendían, poco a poco, a sacar ventajas de la conexión. Nosotras también nos conectábamos, por supuesto, aunque sin criterio, porque no teníamos la menor idea de qué hacer con aquellas montañas de información. Aun así, seríamos infelices, seguíamos sin darnos cuenta de adónde nos estaba llevando aquello.

Los primeros en desaparecer fueron los teletipos. Uno de nuestros cotos restringidos, intocables para unos vendedores incapaces de comprender los misterios de la cinta perforada. Pues a tomar por saco ambos, cinta y teletipo. Luego murieron los faxes. No porque los tirásemos a la basura, que ahí siguen; fue porque los vendedores aprendieron a poner los suyos desde sus propios PC. Luego, las transparencias. Dejaron de pedirnos que las escribiéramos, las imprimiésemos y metiéramos cada una en una fundita, un condoncillo protector. Las hacían ellos mismos con una cosa del demonio que llamaban Harvard Graphics, así arda en el infierno el cabrón que lo inventó. Por último, las configuraciones, lo único que todavía nos pasaban por ser un verdadero rollo. El vendedor mañoso, Alfonsito se llamaba el hijoputa, descubrió la fórmula de conectar el catálogo de precios y productos a un programa maldito que se llamaba Data Perfect, y ahí ya sentí miedo. Al cabrito le bastó un par de días para demostrar cómo se hacía y lo increíblemente sencillo que resultaba –y lo era, debo reconocerlo–, de modo que nos quedamos sin eso también. Luego llegaron los contestadores y los móviles. Los teléfonos, poco a poco, dejaron de sonar. Se nos acabó eso de tomar recados y darlos después. Cuando al móvil se le unieron el *laptop* y la Palm Pilot, esa mierdecilla con una pantalluja como para bisojos donde anotan las miserias que antes apuntaban en sus agendas de piel, todo se fue al carajo –antes habría dicho al garete, que me sonaba más fino, más elegante, pero la guarra de mi jefa, que viene de marinos, un día me dijo que hiciera el favor de maldecir como Dios manda, que las cosas, cuando se van, es al carajo, que lo de garete no es más que un piadosismo cursi sacado de su contexto, el de los barcos averiados que se quedan a la deriva, que se quedan al garete; además, ni siquiera es un dicho español; viene del francés *gare etré*, que significa *sin gobierno*; yo, fíjense, toda la vida queriendo hablar como una señorita bien educada y sólo conseguía quedar como una provinciana marisabidilla–. Lo notamos del modo más de preocupar, más de asustar. No nos despedían, pero si una de nosotras se marchaba, por lo que fuera... porque se moría, se jubilaba, se iba de la empresa o se buscaba un puesto de otra cosa, de no ser secretaria, no se cubría la baja. Sus funciones se repartían entre las demás y asunto concluido.

Ana llegó hace seis años, cuando la guerra entre las secretarias y la ofimática no estaba del todo perdida, por mucho que ya se viera que sólo era cuestión de tiempo. Nuestro jefe de por entonces era un antiguo vendedor, de los muy buenos, que se había resignado a volverse director a cambio de que dejaran de hacerle faenas; no se le perdonaba que durante cerca de diez años hubiera sido el empleado que ganaba más dinero, incluyendo al director general. Un tipo raro, sombrío, muy quemado con el trabajo y con la vida en general. Se le notaba demasiado que sólo tenía interés en ser despedido, que le dieran sus cuarenta y cinco días por año, lo que se pondría bastante cerca de los cien millones de pesetas, y ya está, que os den por saco y ahí os quedáis. Era cuidadoso, no hacía nada por lo que pudieran despedirle a las malas, sin darle un duro, pero no movía un dedo por vender. Él era director, y dirigía. Con estos tres subnormales ya me contaréis qué coño voy a vender, dicen que decía en el comité de dirección. Dadme otros mejores, más al día, y entonces ya veré. Lo que vino después ya no sabría decir qué fue, ni qué clase de confabulación se organizó, pero un día nos reúne y nos dice que, aunque ya se había consumido medio ejercicio, en tres o cuatro días se nos uniría un cuarto vendedor y que aquella reunión era para encontrarle sitio. No físico, la mesa y todo eso, sino territorio. Cuentas. Clientes. De éstos nadie cedió ni uno, y parecía lógico, porque de ahí era de donde Poli, Pepe y Paco, por entonces dando gritos, pensaban hacer sus números del año. Ninguno puso pegas, eso sí, en que se le dieran cuentas donde no teníamos nada, esos sacrosantos santuarios de la competencia en que jamás habíamos vendido un miserable PC. Sólo al final el director dejó caer que aquel cuarto vendedor no sería vendedor. Sería vendedora.

Apareció un lunes, sobre las diez. Ana odia madrugar. Impresionante. Como una modelo en un pase de modelos. Un traje de chaqueta Versace como uno que vi una vez en el *Hola* y aún soñaba con él, de falda más que corta, medias-medias –nada de leotardos–, una blusa Chanel con un lazo enorme, bien maquillada, ni una sola joya, un reloj de los carísimos y unos zapatos de tacón muy alto, como media pantorrilla mía. La melenaza suelta, el flequillo bajándole hasta unos ojos negros que nos miraban desde más arriba de un metro noventa –incluyendo tacones, que tampoco era una jirafa–, sin la menor timidez, como si llegar de nuevas a un trabajo lo hiciera día sí, día también. Una seguridad en sí misma verdaderamente pasmosa; claro que, con esa estatura y esos trapos, y su carrera y sus idiomas, de los que aún no sabíamos aunque pronto nos lo iban a explicar, cualquiera se sentiría segura. Un tipazo, que aunque yo no lo tenga bien sé cómo son. No era guapa, o no lo era exactamente, porque tenía unas facciones afiladas, raras, como egipcias, pero el conjunto general, ya lo dijo luego Paco, era el de una tía que te cagas. Curiosamente, no representaba los veintitrés añitos que tenía. Pasaba por más, aunque no por parecer vieja, sino por madurez, por su estilo aquí estoy yo. Ni que decir tiene que nos cayó fatal, pero el jefe, que ya la conocía, tenía sus ideas. Supongo que aún no, pero tampoco me sorprendería saber que por entonces ya se la tiraba, pese a estar recién casada.

Si verla fue devastador, oírla fue demoledor. Su voz. Su tono. Cómo hilaba las ideas, cómo explicaba su educación universitaria y sus años de becaria en IBM, que nos agradecería un poco de paciencia porque inevitablemente metería la pata en tanto no supiese hacer las cosas, pero que pondría su mayor empeño en aprender de nosotros, los que la mirábamos estupefactos. Aquella primera vez que la escuché ya me pareció una bruja, una encantadora de serpientes, una hechicera de hombres y de mujeres. Apenas gesticulaba, mirando fijamente al que quisiera hipnotizar, hechizando en tono bajo, casi plano, de muy pocas inflexiones, pero vocalizando de un modo exquisito, y los de Burgos sabemos horrores de vocalizaciones exquisitas, no es por presumir. Ningún acento, ningún deje. Madrileña, estaba claro. Y encima universitaria. Cuando explicó que su título era en informática, Poli bajó la cabeza. Era el único sin formación superior, además de no hablar una palabra en inglés –yo le hacía de traductora simultánea cada vez que debía participar en lo que más detestaba, un *conference call* con los americanos–. Si, como nos pitufábamos, la intención de la dirección era que al cabo de un tiempo los vendedores del departamento volvieran a ser tres, iba viendo claro quién sería el sacrificado. El despedido.

Durante un mes Ana no hizo el menor ruido. Aprendía, más por observar que por preguntar. Se fijaba en todo, estaba pendiente de todo y debía comprenderlo todo, porque no decía palabra. Fuera de la oficina era menos muda. Desayunaba y comía con nosotros, y participaba en la conversación, y se reía y hacía reír, pero jamás se implicaba, jamás tomaba partido. Tampoco hablaba de ella. Sólo una vez con Poli, que tenía una hija estudiando el equivalente a segundo de BUP en un pueblecito que se llama Cherry Hill, en New Jersey. Ahí sí habló, nos explicó lo bonito que fue para ella el año que pasó en Connecticut, y lo bien que le había venido después en su carrera, no ya por el inglés, sino por los amigos que hizo allí, lo muy al día que la tenían sobre casi todo. También nos comentó, aunque muy de pasada, que su familia era de militares, de marinos, que hasta se había planteado ingresar en la Escuela Naval, la de Marín, pero que desistió el día que su tío y padrino, por entonces jefe de la Escuela de Armas de la Armada, le dijo que para un barco de guerra era demasiado alta, y que haría una buena carrera, él no lo dudaba, pero jamás a flote. De lo que no decía nada era de su vida privada. Sólo le pudimos sacar que se había casado al poco de acabar la carrera, que vivía en un adosado de Majadahonda y que su marido trabajaba en la Consejería de Agricultura de Castilla-La Mancha. Ni una palabra de planes, ni de proyectos, ni de cuándo pensaban tener críos. Se cerraba en banda y no decía nada, pero no de un modo descortés. Se te quedaba mirando, sonriente, sin hablar, y antes que la situación se hiciera tensa te preguntaba cualquier cosa, lo que fuera, pero jamás de tipo personal. Tenía, lo admito, un estilazo. Una verdadera maestra de los detalles, lo advertí al minuto de tratarla y no he dejado de advertirlo todos y cada uno de los días en estos seis años. No hay mujer más mala, se lo aseguro, aunque nunca he conocido una más competente. Más... profesional.

Luego empezó a moverse. Al principio sólo fue visitar sus cuentas con los otros, para que le presentaran sus contactos. Luego se fabricó los suyos, sin decir a nadie nada. Lo normal en todo vendedor que comienza es contar lo que hace, buscando el apoyo de los demás y de paso hacer ver que trabaja, que no se rasca las narices. Ana no se movía en esas coordenadas. Si alguna opinión le importaba era la del jefe, y no diría yo que demasiado. En general, ni se sabía qué hacía ni dónde lo hacía. Los vendedores, cuando salen, dicen siempre adónde van, para ser localizables. Ella, no. Cogía sus cosas –las llevaba en una cartera de Loewe que debía valer una millonada; la verdad, iba siempre de punta en blanco, más a una recepción en la Zarzuela que a una reunión con algún desgraciado en un hangar de Air Europa; debía ser parte de su estilo, aunque seguíamos sin poder definir cuál era su estilo, me decía *estoy en el móvil, no me dará tiempo a volver, si haces el favor me llamas un taxi*; eso era todo. Una vez me atreví a preguntarle ¿y dónde vas? Me contestó, simplemente, que a ver a un cliente, dónde si no. En un tono la mar de amable. Siempre, para todo, también para echarme a la calle, fue la mar de amable.

A primeros de octubre presentó su primera oferta. En la Renfe, nada menos. Una cuenta que de año en año se peloteaban los vendedores unos a otros, porque jamás nos había comprado nada. Fue la primera que le dieron en aquella reunión de hacerle sitio. A nadie le sorprendió que Poli renunciase a ella con tanta generosidad. No valía, se pensaba, ni el esfuerzo de intentar que te recibiese cualquier mindundi, ya que jamás habíamos pasado de ahí. Ana no nos dijo, y tardamos mucho en enterarnos, que, visto el despreciable nivel de interlocución que le traspasaba Poli, se lanzó derecha por la cabeza, que la tal en cuestión la recibió por curiosidad –astuta, no pidió la entrevista por teléfono, sino que se plantó en la secretaría del ínclito, pidió hablar con su secretario, pues era secretario y no secretaria, y el resto fue fácil, lo que no habría sido para Poli–, y que luego, impresionada por el renacido aspecto de la moribunda multinacional, la tal cabeza le invitó a presentar oferta en un concurso restringido que aquellos días se andaba organizando. Lo que hizo después, y la forma en que lo hizo, jamás lo desveló. Supimos que preparaba una oferta el día que la terminó, la imprimió, la encuadernó y me pidió que enviara un mensajero a presentarla –los vendedores solían hacerlo ellos mismos, hasta en eso era distinta–. Luego se fue, y Poli, Pepe, Paco y yo aprovechamos para ver cómo era la tal oferta, o su copia para el archivo. No tenía que ver con las que hacíamos desde tiempo inmemorial. Ni por lo que decía ni por cómo lo decía. Lo primero que chocaba era el lenguaje. Nada que ver con el tosco, plano, de las ofertas comerciales normales y corrientes. Aquello parecía una novela, no por el rollo, que tampoco era excesivo, sino, ya les digo, por el lenguaje. La composición, el estilo, el *wording* general. Hasta los *fonts* eran distintos –a saber de dónde los habría sacado, porque no eran los *standard* de la casa–. Lo más llamativo, la enorme cantidad de gráficos que había embebido entre los textos, una cosa dificilísima de hacer –a mí jamás me ha quedado bien–. Hasta la encuadernación era distinta. No era la consabida carpeta de tres anillas y plástico duro. Una de piel oscura, flexible, sobria, elegante, de nueve anillas y con el nombre del proyecto serigrafiado en el lomo. Habría debido pagársela de su bolsillo, porque a mí no me la pidió, que si lo hubiera hecho le habría dicho que imposible, que allí no se usaban esos lujos, aunque sí se usaban, lo supe después, pero los monopolizaba el director de relaciones públicas, un cojito encantador tirando a mariquita que además era conde; una de las cosas que Ana se había preocupado de averiguar, estaba claro, era cómo conseguir cosas excepcionales por fuera de los procedimientos establecidos. Nos encogimos de hombros. Un esfuerzo tan disparatado para nada. Lo que hace la inexperiencia, y más si se va de lista por la vida. La Renfe siempre sería la Renfe. Jamás, los cuatro estábamos seguros, nos daría el contrato.

Nos lo dio. Nueve millones de euros. El fax de la mesa de compras nos llegó la mañana de Nochebuena, como un regalo de Papá Noel. Ana ya sabía que aquel día llegaría, y el jefe también, pero los dos tenían cara de poker. Él, un poquito nervioso. Ella, como una cobra encaramada en una rama: ni pestañeaba. El jefe abrió la boca sólo una vez tuvo el fax en la mano. Ella no dijo nada; dejar lucirse al superior es cosa muy práctica. Con aquel contrato conseguía el 900 por ciento de sus objetivos comerciales de aquel su primer año. Yo sabía lo que ganaban todos, porque llevaba el presupuesto del departamento. ¿Se lo quieren ustedes creer? Por aquellos cuatro meses de trabajo Ana levantaba ciento sesenta mil euros, una cifra que ni Poli ni Pepe ni Paco habían visto en toda su vida comercial. Cualquier otra, u otro, habría organizado un festejo a mayor gloria propia, y a nadie le habría molestado. Salvo por aquel puntazo el año no podía terminar peor, no en nuestro grupo sino en el conjunto de la subsidiaria, lo que ya nos pitufábamos daría lugar a otra matanza, pero Ana se limitó a pagarse unas cañas, pretextando que no estaban los tiempos para fuegos artificiales. Así llegó el fin de año, ella indiferente con su 900, Pepe un tanto preocupado con su 63, Paco muy jodido con su 48 –por debajo del 50 no se devengaban incentivos– y Poli muerto de miedo con su 22. Era evidente, indisimulable, que bajo sus narices se había cocido un concurso del que nunca supo nada, y que lo dejó correr con la más total irresponsabilidad, demostrando que no tenía ni puta idea de lo que sucedía en su territorio. Esto tan cruel no lo decía yo, claro está. Es lo que oí decir al director, por teléfono y muy bajito –tengo un oído excelente, como buena secretaria que soy, pero nadie lo sabe–, a otro director. De ahí su careto, el de Poli. Se temía lo peor.

Acertó. Ana debía estar al loro, porque se tomó de vacaciones los primeros días de enero. El día 2, nada más llegar Poli a la oficina, tuve que decirle que fuese a Personal, que le quería ver el subdirector –sí, lo han adivinado: Despiderman–. Volvió al cuarto de hora. Despedido. Destrozado. Motivo: rendimiento insuficiente. La compañía, consciente de que vender poco no motiva un despido procedente, le había calculado la indemnización por improcedente. Como llevaba cerca de treinta años en la empresa, y su salario era relativamente decoroso, salía una cifra por la que otro habría matado, aunque insuficiente para una familia donde la mujer sólo se ocupa de sus labores y de saquear El Corte Inglés, dos hijos estudiando esas carreras modernas que no valen para nada, una hija en New Jersey y dos gemelos disléxicos en cuarto de la ESO que no daban palo al agua.

La hipoteca del piso familiar, en el Encinar de los Reyes, ya la tenía pagada, pero no así el apartamento de Cullera, ni la barquita del Pantano de San Juan. Poli tenía cincuenta y dos años, una cultura general rudimentaria, no hablaba inglés, no sabía expresarse bien, ni de palabra ni por escrito –menos aún si se ponía nervioso, y desde que llegó Ana por la noche daba vueltas en el aire–, y su prestigio profesional en dos días estaría por los suelos, como el de cualquier vendedor cincuentón al que acabaran de despedir por no vender una mierda. Qué va a ser de nosotros, se preguntaba en su ponedera, solo aunque conmigo, que había ido con él a consolarle y no perderle de vista. Los otros, ni que decir tiene, a la que se olieron la tostada se fueron a ver clientes, y eso que llevaban veintitantos años espalda con espalda. Cosas de haber sido despedido. Al momento eres un apestado. ¿Imaginan ustedes ver llorar a un hombre que meses antes aparentaba cuarenta y pocos, y entonces, según le veía, parecía un viejecito? Poli, cariño, no es para tanto, seguro que te sale algo, si tú conoces a mucha gente, si para vender lo que cuenta es la experiencia, si todo el mundo sabe que hay muy poquitos como tú... Paños calientes que no calentaban. Poli seguía llorando, pero flojito, sin ruido, sin que se notara en otra cosa que no fueran los lagrimones despeñándose bajo sus gafas bifocales, esas que le hacían tan mayor, mientras metía en una caja de cartón sus pocos objetos personales. Yo le miraba con tristeza, pero al tiempo vigilaba que no se llevara el tarjetero, ni el móvil, ni la calculadora, que así me lo había ordenado Despiderman a primera hora de la mañana.

Siempre que se cargan un empleado, y más uno tan antiguo, sobrevienen malas leches, las de achacarle las culpas a alguien. En el caso de Poli la culpable no podía ser más notoria, pero fue volver ella de vacaciones, morena y guapísima de una semana esquiando en el Gross Glockner–, Ana no va, jamás, donde todo el mundo; ¿Baqueira? por Dios, Pili, qué ordinariez–, y verla ir por café, más alta que todos en la dirección comercial, no exactamente indiferente pero sí como distraída, como con muchas cosas en la cabeza, y la pena por Poli acabó de disolverse. Ana demostraba que no estábamos acabados, que si podíamos sacar un contrato como el de Renfe podríamos sacar muchos otros más, que todavía no sobrábamos, que la degollina de febrero –las matanzas son siempre por febrero, tanto las de cochinos como las de multinacionales– ya no sería tan gorda, no echarían a tanta gente. La situación podría cambiar y el futuro ser mejor.

Vanas ilusiones, porque la matanza fue como la de cualquier febrero: cien más a la calle. Estábamos acostumbrados. Nadie protestaba, pues era notorio que seis años antes éramos mil, con presencia en toda España. Tras lo de febrero nos quedamos en doscientos cincuenta, todos en Madrid. Ni el comité de empresa, que rebosaba comunistas, osaba murmurar. La compañía iba fatal en todo el mundo, de los ciento veintitantos mil que habíamos llegado a ser quedaríamos cuarenta mil, de haber cotizado en el NASDAQ a $120 se había bajado a $1,75, si aparecíamos en los periódicos sólo era por malas noticias, por rumorearse una inmediata caída en el Chapter 11th o por haberse cancelado algún contratazo con la GSA, la administración federal americana. La desmoralización era total, pero Ana mostraba un camino de esperanza. Ya no era la zorra que se había cargado al pobre Poli. Ahora era nuestra Victoria de Samotracia particular.

Debo decir de Ana, con la objetividad de antes, que nunca se dio importancia. No se pidió un despacho, ni un coche que por antigüedad no le habría correspondido, ni nada de nada, salvo un *laptop*. Un capricho caro, tanto que por entonces sólo algunos directores lo tenían, pero se lo aprobaron. Si antes del *laptop* era difícil verla, cuando aprendió a conectarse desde cualquier sitio se volvió invisible. Rara era la semana en que la veíamos más de un día, pero al jefe no le importaba. No sólo eso: estaba encantado. Las cuentas: hizo que se reorganizaran. Ana se quedó con lo que valía la pena de lo que llevaba el difunto Poli, más algunas cosas de Paco que apenas rendían. Allá por Semana Santa sus nuevas cuentas comenzaron a florecer. Clientes que llevaban años sin comprar más que algún PC ahora se animaban a cambiar sus viejos ordenadores por otros nuevos. No sin sangre, que Ana conseguía los contratos demostrando que con los ahorros derivados de un menor coste de mantenimiento se amortizaba cualquier cambio, lo que daba lugar a que el indignado director de servicio técnico pusiera el grito en el cielo, pero era una guerra perdida, porque tenía en contra la totalidad del comité de dirección. Luego, a la llegada del verano, comenzaron los milagros: Telefónica I+D, de la que Paco se había desprendido con el alivio más sincero –los ingenieros de telecomunicaciones, ya se sabe cómo son: se pasan la vida tocando las pelotas a todo el mundo, pero al final siempre compran otra cosa–, nos pasaba un pedido estilo Renfe, ante la incredulidad general. La Renfe, a su vez, ampliaba el del año anterior. A ésos, ya en otoño, siguieron seis o siete más, de forma que Ana terminó el ejercicio al 1350 por ciento, Pepe al 73 y Paco al 52. Trescientos veinte mil euros, los que ganó. La reina de la compañía, era indiscutible. La diosa invisible. Sólo se nos aparecía por el móvil –jamás se sabía dónde andaba– y a través del correo electrónico. Cada día enviaba un torrente de e-mails pidiendo muy amablemente, con mucha educación, que se hiciese sin chistar lo que a continuación ordenaba y mandaba. Nuestro embobado jefe, infeliz, meaba Chanel n.º 5. Gracias a ella sus ingresos habían reverdecido, su importancia estaba la mar de reforzada y su posición en el comité de dirección había pasado a ser de «hombre fuerte».

He de confesar que al empezar su tercer año fiscal yo ya estaba conquistada. Y de qué modo. Ana se había convertido, para mí, en esa clase de personalidad con la que alguna vez ensueñas, cuando quieres salirte por unos momentos de tu aburrida, decepcionante realidad y te imaginas viviendo en las bragas de otra. Nos había conquistado, a todos. Salvo a Paco. Nunca pudo con él, nunca le sedujo y bien que lo intentó. Se daba cuenta de que a Paco se le ocurrían soluciones técnicas mejores que las suyas. Quiso engullirle, servirse de él como se servía de todos, aunque con Paco no había forma. Lástima que su inteligencia, tan profunda, fuese tan poco práctica. Paco habría triunfado en un laboratorio de investigación, pero no estaba hecho para la jungla comercial. Años atrás, cuando era un técnico jovencito, tan brillante como prometedor, su objetivo era irse al Silicon Valley, que la compañía tenía por allí un centro de investigación, pero cometió la mayor de las tonterías: se enamoró perdidamente de una programadora que no podía ser más pendón. La Pilingui, que así la llamaban hasta sus amigas. La dejó embarazada y ahí ya no tuvo más remedio que pensar en las pesetas. Él tenía buena fama entre los comerciales, que más de uno le debía un gran contrato, y nadie puso pegas cuando dijo que le gustaría vender, que si era capaz de levantar pedidos para otros aún más lo sería trabajando para él mismo. Un error, porque si bien dominaba la informática y las comunicaciones no sabía elegir un buen vino en una comida de negocios. Un maestro de la técnica, pero carecía de oficio. Sin esto, el día que aquélla deja de bastar, porque la tecnología que tú vendes ha dejado de ser puntera, sobreviene lo peor. A Paco le sobrevino Ana. Cuando la muy zorra vio que no había nada que hacer, que Paco no tragaba, no se dejaba mangonear, movió sus hilos, como hizo con Poli. Paco no llegó al otoño. Un lunes de mediados de septiembre, volviendo de un curso al que le había enviado el jefe para dejarle fuera de juego, al llegar a la compañía, cuando se buscaba su tarjeta para fichar en recepción, le asalta Despiderman con dos guardias de seguridad. Ni buenos días le dijo. Le tendió su carta de despido, le dejó leerla, y antes de que pudiera el pobre Paco decir nada le soltó que ya no era un empleado y que por allí ni volviera. Sí, por supuesto, estás en tu derecho de demandarnos. Hazlo, que ganarás, y seremos condenados a pagarte lo que pone aquí, en este papel, tus cuarenta y cinco días por año. ¿Tus cosas personales? Ahí las tienes –señalaba con desprecio un par de cajas escondidas tras el mostrador, mientras la recepcionista intentaba mirar hacia otro lado–. Si te pilla mal llevártelas ahora te las enviaremos en un taxi, no te preocupes por eso. Adiós, que tengas mucha suerte y nos veremos en el SMAC.

Si lo hicieron así, tan a lo bestia –Despiderman en estado puro; qué feliz habría sido dirigiendo Auschwitz–, fue porque Paco no era como Poli, tan ordenado y tan metódico que hacerse con sus cuentas sólo supuso un par de horas en la vida de Ana. Paco era un desastre, sus papeles no podían estar más revueltos, y no había forma de saber cuáles eran de interés y cuáles no. De haber procedido al estilo civilizado se habría llevado todo, no habría quedado una simple nota explicativa de cómo estaban sus cuentas. De ahí que, aprovechando que Pepe aún estaba de vacaciones, el jefe le mandase a ese curso. Qué feliz se fue, pobre desgraciado. Una semana cerquita de Londres, aprendiendo *data warehousing strategies* por la mañana y de juerga por las noches con sus viejos amigotes de cuando era un técnico exquisito. Aquí, el jefe y Ana, encerrados en el despacho de aquél, ordenaban, clasificaban y estudiaban lo que había en los dos archivadores donde Paco metía de cualquier modo sus documentos comerciales. Hicieron lo mismo con los cajones de su mesa, pese a que Paco, muy desconfiado, siempre los cerraba con llave. Yo tenía una copia. Se la tuve que dar al jefe, qué remedio me quedaba, tras oírle susurrar que no comentase aquello con nadie o el lunes habría dos despedidos, no uno solo. Aprovecharon el tiempo. Al llegar el viernes lo tenían todo claro, salvo un par de dudas. Pili, ponme con Paco. Si está en clase, que salga. Hola, tú. ¿Todo bien? Me alegro. Mira, te llamo porque los de contabilidad quieren saber esto y lo otro, y los de contratos preguntan por aquello y por lo de más allá. ¿Me dices cómo está todo eso? No, es para ya mismo, ya sabes cómo son. Sí, tomo nota. Muy bien, puta madre. ¿Cuándo vuelves? ¿Ahora, cuando acaben las reuniones? Bueno, tú sabrás, aunque por mí no hay problema en que te quedes hasta el domingo. Sí, hombre, disfruta un par de días, que hace mucho que no sales. Te bajas a Londres y te buscas un hotel no muy caro, y ya está, ya lo firmo yo. Nada, tú. Qué sería de nosotros sin un premiecillo de vez en cuando. Hala, un abrazo y hasta el lunes. Pásalo bien.

Ese viernes Ana se quedó hasta bien de madrugada, y el sábado todo el día, por algo que no habría podido hacer a la vista de los demás: *crackear* el PC de Paco. Leer hasta el último *file*, estudiar sus hojas Excel, sus gráficos, sus e-mails, sus textos. Supongo que también los personales. No creo que se avergonzase. La ética, para ella, es algo que sirve para jorobar a los demás, no es de padecer en carne propia. Un trabajo delicado, pues algunos de los archivos estaban protegidos por contraseñas, pero las del Office, y ésas, a una tía como Ana, le duraban dos minutos. Un trabajo, eso sí, de muchas horas. No lo habría podido hacer con Paco entrando de súbito en la oficina: ¿Qué haces con mi PC, mal bicho? ¿A que te pego dos hostias? Aunque a saber quién se las habría llevado, porque, no sé si lo he dicho, Paco, pobrecito mío, es un ingeniero de bolsillo, si bien y por si acaso el jefe me hizo decir a Seguridad que de ningún modo le facilitaran el acceso si por un casual se olía qué pasaba y se volvía desde Londres ese mismo viernes. No lo hizo, el infeliz. Siempre fue un pardillo.

Pobre Paco, pero andaba por el 10 por ciento y de acuerdo a sus propias previsiones no habría pasado del 50. Ana vendió ese año, sólo en las cuentas de Paco, el equivalente al 200, y en total se quedó muy cerca del 650. Como Pepe pisó a fondo y llegó al 110 –¿recuerdan eso de las barbas, el remojo y el vecino?–, el jefe volvió ese año a ser capitán general. Ana se conformó con levantarse trescientos mil euros. Por segundo ejercicio consecutivo, la empleada que más dinero había ganado de los doscientos cincuenta supervivientes. Dentro de lo que cabía no fue un mal año. Se hicieron los números y la matanza fue menor, apenas treinta cabezas entre técnicos, administrativos y vendedores, pero fueron plazas que luego se cubrieron. A nosotros nos llegó Borja-Pablo. Parecía engendrado a la medida de Ana. Un yogurín de veintiséis añitos a falta de dos o tres hervores, ingeniero del ICAI, MBA por el IESE, casi seguro que del Opus, discreto, apacible, cuidadoso con las formas y que, a diferencia de Ana, jamás ha dicho una palabrota más osada que «cáspita» o «jopé». Se lo montaron en *team*, compartiendo la totalidad del territorio de Ana más el antiguo de Paco, en diferentes niveles de compensación, eso sí. Una fórmula ideal para los dos. El yogurín aprendía, trabajaba, se desarrollaba y podía contar con unos incentivos poco menos que seguros, no excesivos pero que le dieron para el primer BMW de su vida. Por la parte de Ana, ya no necesitaba ni configurar. Tenía un esclavo la mar de aplicado, de modo que jamás volvió a escribir otra cosa que sus densos, precisos, cada día más imperativos e-mails. Las propuestas las escribía Borja-Pablo, evidentemente según sus directrices, y así comenzamos el año, con un Pepe que cada mañana se santiguaba, *todo va bien, hoy tampoco me han echado* y un ambiente general en absoluto alegre, pero tampoco triste. Aunque Ana siguiera sin dejarse ver, su aroma impregnaba las paredes. Donde Ana reinaba se hablaba poco, se trabajaba mucho, nadie se molestaba en aparentar ser amigo de nadie y, cuando el último se iba –por lo general muy tarde–, apagaba la luz y hasta mañana, que, a diferencia de los demás departamentos, en el nuestro nadie se veía fuera, tomaba una copa, organizaba una cena. En las proximidades de Ana podías caerte muerto con la certidumbre de que tu cadáver sería retirado con prontitud y eficacia, el recambio aparecería de inmediato y la maquinaria seguiría girando, del modo más deshumanizado. Con alguna excepción, debo reconocerlo. Ana, cuando se dejaba ver, era cariñosa. Conmigo. Se sentaba en el borde de mi mesa y me hablaba de tonterías, las que se supone habitan en la desierta cabeza del personal subalterno femenino que cada jueves compra *Diez Minutos*. Si era por la mañana temprano solía decirme *deja puesto el contestador y bájate a desayunar, que te invito.* Alguna vez, cuando su órbita de ir por allí coincidía con la hora de comer, me cogía del brazo y se me llevaba no muy lejos, a comer algo más decente que los usuales menúbazofia de los bares y restaurantes de por allí, donde habían puesto la nueva oficina. No voy a engañarles: se me hacía el culo calderilla. No ya por ser Ana quien era, sino porque rara vez un vendedor tenía esos detalles con una secretaria, ni siquiera las vendedoras, que ya teníamos unas cuantas, pero en eso eran como los tíos. Ahora pienso que tanta campechanez, tanta simpatía, debieron ser por algo que sigo sin comprender, aunque quizá relacionado con que se planteaba ser la directora en lugar del director, como el morito ese de los comics que quiere ser califa en lugar del califa. Ana, en eso también, es distinta de todo el mundo: lo planea todo desde lejos. Estoy segura de que pretendía cepillarse al jefe, pero allá como por mayo sucedió algo que complicó las cosas: los americanos se ventilaron al director general.

Si algo no perdonan los americanos a un *country general manager* es que haga trampas con los números. El nuestro era un excelente contable, tanto que sabía maquillar cualquier cifra y disimular cualquier pufo, pero el año anterior había ido demasiado lejos. Todo se inició cuando los americanos se hicieron cruces con que nuestra infame subsidiaria –teníamos mala fama– hubiera terminado el año tan estupendamente. Aquí hay gato encerrado, no puede ser que las bestias esas hayan aprendido, de modo que nos enviaron un grupo de lo que aquí llamábamos gaviotas –ya saben, llegan volando por la mañana temprano, se te mean encima, se comen tu comida, te sacan los ojos, se te cagan en la boca y a la caída de la tarde se vuelven a su nido igualmente volando–, sin duda muy avezados, porque a los dos días habían desenterrado casi todos los esqueletos.

El más gordo fue un ordenador de millón y pico de dólares, en apariencia entregado y también facturado, pero que permanecía embalado en unos almacenes que ni siquiera eran de la compañía, en espera la mar de angustiada de que al cliente le diese la gana cumplir el contrato y comenzase a pagar. Vana esperanza, porque la compañía, desde tiempo inmemorial, toleraba una falta inexcusable: la *side letter*. En otras palabras, menos crípticas, el cliente acepta un contrato leonino donde se le amenaza con castrarle si no paga cuando debe, aunque por debajo de la mesa el vendedor le da una carta extraoficial, donde se le reconoce derecho a pagar cuando buenamente le salga de sus partes. Un suicidio, se dirán ustedes, y lo sería en una compañía normal, pero en la nuestra se cometía un segundo error muy peligroso: avanzar incentivos contra la presentación del pedido, liquidando el resto a la entrega de las máquinas. El vendedor que había firmado aquella carta era de los más listos, aunque también de los más golfos. Se pitufaba que cualquier día le iban a despedir. De ahí aquella carta. El contrato no le valió para salvar la cabeza –ni lo pretendía; sólo quería la pasta y largarse–, pero sí para que los cuarenta y cinco días se le pusieran en el doble. Cuando el cliente, molesto por la insistencia en que cumpliera el contrato, exhibió la oculta *side letter*, todo el mundo enloqueció, y el primero fue el *country manager*, porque ya no haría los números, ni ganaría sus incentivos. Cuando los americanos desenterraron la mierda ni él ni su *controller* duraron un minuto. Los usacos, después, requirieron del asesor jurídico que se querellase contra el vendedor delincuente, aunque fuera un esfuerzo baldío. Primero por a saber dónde andaría el perillán –se le sabía trabajando para la competencia, en Venezuela–, y segundo porque la legislación en materia de contratos de adhesión es muy desfavorable para las multinacionales tontas que se dejan engañar. Total, que se recalcularon los números y resultó que no sólo no se habían hecho, sino que por bastante margen. Las nubes de masacre comenzaron a cernirse sobre nuestras abrumadas cornamentas, pero el nuevo que trajeron, un holandés entre satánico y sardónico, dijo que venía para conseguir los números del año en curso, no los del pasado, que necesitaba los recursos humanos presupuestados y que con menos no garantizaba resultados. Eso nos salvó, aunque tuvo diversas repercusiones.

La que más de cerca me tocó fue que aquel holandés sentía una evidente suspicacia por todo lo de aquí, no sé si por el conjunto del país o sólo por la subsidiaria. El primer ámbito donde puso de manifiesto su racista modo de valorarnos fue su comité de dirección, al cual planteó una serie de medidas inexorables. La más grave, que dada la negligencia colectiva en hacer los números a lo largo de los últimos ejercicios, y la complicidad criminal con su recién defenestrado antecesor, les imponía una rebaja salarial del 25 por ciento. Ahí fue donde mi jefe vio su oportunidad. Había vuelto a ilusionarse con el antiguo director general, pero el holandés y su talante le hicieron cambiar de idea. La verdad es que se lo puso en bandeja, pues mientras los otros, por completo acongojados, no se resistieron un minuto, mi jefe, a la vista de todos, le soltó que por los cojones, que no se dejaba reducir el sueldo un solo euro y que le parecía una infamia que osase proponérselo. El holandés, también me lo contaron, ni pestañeó. Tonto no debía ser, y sin duda Despiderman le había calculado las indemnizaciones a que tendrían derecho aquellos facinerosos si optaba por despedirles. Lo que tendría que pagar al único que plantaba cara se compensaba holgadamente con lo que dejarían de ganar los otros bobos, así que siguió adelante, sin prisas, pues antes necesitaba cerciorarse de que su recambio, el que le recomendaban en el *headquarter*, sería capaz de dar la talla.

Se debió cerciorar en una tarde. O en una noche. Por entonces yo tenía claro que Ana no se paraba en barras. Se acababa de divorciar de modo público; al pobre marido le había echado a patadas año y pico antes, de modo que no tenía problemas en casa. El holandés pasaba por felizmente casado, aunque la mujer, sus motivos tendría, no pensaba moverse de Rotterdam. Él vivía en un hotel carísimo y, aunque no tengo pruebas, me jugaría mi virgo herrumbroso a que Ana lo visitó unas cuantas veces antes que aquél llamase al jefe y le planteara una salida civilizada. De esto sí tengo detalles, pues el jefe me los dio, muy contento, según embalábamos sus cosas. De primeras le tranquilizó –mira, de los euros no te preocupes: te llevarás hasta el último que te corresponda y además te puedes quedar con el coche–, y desde ahí todo fue fácil. Le presentaría los clientes, quedaría él mismo en buenos términos con todos ellos, no le haría putadas después, esas que se hacen por joder y sólo por joder, que bien sabía el holandés que mi jefe no pensaba volver a trabajar, y luego tan amigos, aquí paz y después gloria. Mi jefe le pidió un día para pensárselo. Intuía que podría sacar más, pero tras darle muchas vueltas se convenció de que no merecía la pena discutir, pues con aquello levantaba cerca de un millón libre de impuestos. Suficiente para no hacer cábalas. De ahí que al día siguiente dijera que sí, que de acuerdo, y así se puso en marcha el proceso que al cabo de un mes daría con el culo de Ana en la butaca de mi ex jefe. Ahora tenía jefa, la primera directora en la historia de la subsidiaria, la que más dinero había ganado en los últimos dos años y con pinta de seguir en lo mismo ése también, a sus recién cumplidos veintiséis. La edad en que tantas y tantas chicas, brillantes tituladas superiores todas ellas, llevan tres o cuatro malviviendo de servir copas, dar clases mal pagadas, trabajar de tituladas en prácticas para empresillas de perra gorda y sardina, o echando un culo inmenso, el de preparar unas penosas oposiciones. Ésa era mi Ana, y por entonces la reverenciaba. La adoraba. No era para menos, ¿verdad?

Ana no cambió de costumbres, salvo que a partir de ahí las pocas veces que venía, se sentaba en un despacho donde impuso su sello ya el primer día: esa mierda de plantas, que se las lleven; los cuadros, si alguien los quiere, para él; me consigues una pizarra, la más grande que haya, y me pides un proyector de vídeo y una impresora personal. Pasó a venir los lunes, con carácter fijo, porque tenía una silla en el comité de dirección, que se reunía precisamente los lunes. Ella, debo explicarlo, tenía un estatus distinto al de los otros directores. Era júnior. Una milonga para que los otros no protestasen, porque sólo se trataba de camuflar que conservaba su viejo plan de incentivos, más progresivo que el de un director. A cambio seguiría vendiendo como una leona. Conociéndola, si no se lo hubieran concedido se habría quedado como estaba; Ana, ya se habrán dado cuenta, trabajaba por dinero, luego por dinero y después por dinero; en eso, es de reconocer, no engañaba a nadie. En vez de un A6 le dieron un A4, su American Express era verde y no dorada, y alguna otra gilipollez por el estilo –por Dios, cómo estoy hablando; ay, señor...–, pero en la práctica mandaba más que ninguno, su voz era la más potente del comité de dirección, era la que más vendía y su plan de incentivos le permitía ganar, en tanto siguiera vendiendo, cuando menos el doble, si no el triple, que cualquiera de sus degradados colegas. El holandés, por su parte, como mi antiguo director; en todo caso, Joop Perfum en vez de Chanel n.º 5.

Al mes llegó Álvaro-Luis, su recambio. Un clon de Borja-Pablo. Dos esclavos en vez de uno, y la desaparición de un jefe que apenas aportaba –no le permitía ir por sus cuentas; tú, aquí, dirigiendo y consiguiéndome lo que necesite para vender; de salir a la calle, te olvidas; eso es cosa mía, decía Pepe que una vez le oyó espetar al director, a la sazón levitando tras la llegada de algún pedido espectacular–, dio lugar a que nuestra productividad se disparase. Aquel año acabamos por encima del 200 por ciento –cada año nos caían cuotas mayores, aunque Ana no las discutía; bien sabía que aún estaba lejos de los límites, y Pepe incluso llegó al 130–. Pese a ello seguía intranquilo, temiendo que Despiderman se le apareciera en cualquier momento. No tuvo suerte, porque quien se le apareció fue un linfoma de Hodgkins. No sé una palabra de medicina, pero sigo pensando que si a Pepe le salió ese cáncer, con apenas cincuenta y tres años, fue por la tremenda tensión a que le sometía la presencia de Ana. No me malinterpreten; Ana no le chillaba, ni le acosaba; nada de eso. Siempre fue amabilísima con él, como con todos. Sólo le interrogaba sobre sus cuentas, y del modo más relajado, pero Pepe bien sabía cómo las gastaba. Intuía que su fin llegaría el primer año que pinchase, con lo que se afanaba como un vendedor a prueba. Inhumano, para un hombre de su edad. Ahora, el linfoma le liberó, fíjense qué cosas. De un modo, eso sí, que yo no sabría calificar. Háganlo ustedes.

Un lunes, tras su segunda sesión de quimioterapia y peinado a lo Roberto Carlos, vino por la oficina. Los clones le saludaron con el mismo interés y cariño que habrían dedicado a una vaca si la hubieran visto en mitad del campo, pero Ana, que salía del comité de dirección tan imponente como siempre, tras haber machacado a su inveterado enemigo, el director de servicio técnico –un pobre hombre singularmente bien dotado para ser puesto en ridículo–; mi jefa, la verdad, como amiga es poco de fiar, pero como enemiga cójanse ustedes a Bin Laden–, le saludó con gran cariño –en su estilo; ella no se besa con nadie; tiende manos, como los tíos, apretando muy fuerte– y le invitó a pasar a su despacho. Hablaron largo rato, más de una hora. No vi salir a Pepe, aunque a los dos días apareció de nuevo. Venía para reunirse con Despiderman. Se iba, por la puerta grande. Ana, para su sorpresa, se había portado bien. Mira, Pepe, tienes por delante seis meses de tratamiento y otros seis para recuperarte. Volver antes de tiempo, imposible. No lo harías bien, aunque lo peor es que te podría costar la vida. Quizá ya no seas joven para trabajar, pero sí para morirte. No cascar debería ser... tu objetivo estratégico. En un año, y el Hodgkins sabes que se cura, estarás bien. Si vuelves por entonces, allá tú. Si de mí dependiera recuperarías tus cuentas, pero no dependerá de mí. No sólo eso: te las verás con Despiderman tras año y pico de no haber ganado un euro. Esta casa es como es, bien lo sabes. Para entonces serás de los más viejos, de los que tienen un salario más elevado en su categoría y de los coyunturalmente más baratos para ser exterminados. Una tentación irresistible. No podría oponerme si el holandés lo mandara, y lo mandará. Si te fueras ahora, con los incentivos del último año ahí fresquitos, te saldría una pasta del copón. La colocas bien, aprovechas los dos años del paro para recuperarte a fondo y, ya en tus cincuenta y cinco, de nuevo en forma, sacas la cabeza y miras en derredor, con tu prestigio intacto, las mejores explicaciones de por qué te fuiste y nuestro apoyo para establecerte como *freelance*, siempre bajo nuestra sombrilla. Los vendedores de cincuenta y pico despedidos por escaso rendimiento lo tienen fatal, y si no que se lo digan a Poli, pero si te vas ahora no sería tu caso. En fin, es tu decisión. ¿Has echado tus cuentas? ¿Sabes echarlas? ¿Te las echo yo? No me cuesta nada, hombre. Todo está en el ordenador. Lo calculo en un momento. Mira, sale... ¿qué te parece?

Aquella cifra superaba la que tenía él calculada en un 20 por ciento. ¿Es eso, seguro? ¿No te habrás equivocado? A eso contestó que sí, que se había equivocado, pero sería un error que nadie osaría corregirle. No a ella. Si él daba la cifra por buena, y tenía dos días para pensárselo, el trato estaba hecho. Lo pensaron, él y su mujer, y aceptaron, que los tiempos no estaban para discutir. Un punto a regañadientes, porque la primera vez que te despiden siempre inquieta, se reunió con Despiderman. Fue, como solía ser, rápido, indoloro y civilizado. Al año montó una franquicia de Look & Find y ahora vende casas, con su mujer al cargo de la oficina y él encantando a las serpientes. Le va bien, y parece que de momento no se muere.

Ni Poli ni Paco tuvieron tanta suerte. Poli estuvo un año en paro, le contrató una casa de software y los dos se confundieron. Él por pensar que aquello se vendería igual que las máquinas, y el que le contrató por creer que Poli sabía vender. A los seis meses partieron peras, y hasta hoy. No sé qué ha sido de él, salvo que ha vendido la casa. Mala señal, aunque así es la vida. Paco fundó una empresilla de hacer páginas web. Tuvo un primer año bueno, pero luego estalló la burbuja, la demanda cayó al suelo y sigue sin remontar, que hay miles de chavales con mucha imaginación que hacen por dos duros, o dos euros, lo que Paco presupuesta en miles. Se separó de la Pilingui, por cierto. A la vejez, viruelas. Le deseo lo mejor, pero me parece que lo tiene muy negro.

Yo, no. Compré mi piso al poco de vivir en Madrid, con ayuda de mi madre y de mi tía, que al final no fue tan tacaña, y un hipotecón a quince años. Es un apartamento pequeñito, de cien metros justos, en Padilla casi esquina con Lagasca. Una compra magnífica, bien lo sé, no hace falta que me lo digan. Anoche llamé a Pepe y me dijo que cuatrocientos mil los saco, seguro. Quizá quinientos mil. Como la casa es mía desde hace más de veinte años, plusvalías igual a cero. Entre eso, la indemnización y los ahorrillos, pues me monto en ochocientos mil como poco. Mi madre tiene setenta y ocho años, y ya petardea. Si me voy con ella y me quedo allí, en la que será mi casa si no me muero antes, podré vivir como una reina, irme de viaje cada vez que me dé la gana y disfrutar de la vida todo lo que aún no he disfrutado. Sola, eso es lo malo. Y en Lerma. No me gusta Lerma, ya se lo he dicho. No me gusta vivir allí. Me gusta Madrid, salir, pasear, ir de tiendas, y al cine yo sola, que hace años aprendí a ir al cine sola, y al teatro, y a los restaurantes, y a todas partes. No digo que me guste verme así, pero en Madrid es llevadero, no me deprimo, no me aburro. En Lerma... pues qué quieren que les diga. De todos modos, no es cosa que deba decidir mañana. Tengo por delante dos años de paro. Si de aquí a entonces no he conseguido un trabajo que me guste, ya veré qué hago, aunque lo más probable será que acabe, y qué remedio, en Lerma. Quizá no sea una salida tan mala. Es, ya lo dije antes, la mejor ciudad del mundo para irse de allí. Probablemente lo sea también para morirse allí.

He pasado tres años con Ana de jefa. La he visto crecer, y madurar. La he visto en lo que se deja ver, que no es mucho, pero una secretaria experimentada es capaz de advertir lo que los demás no perciben. La he visto acrecentarse, robustecerse, mirar cada vez más lejos. La he visto hacerse más dura. Más fría. Se ha llevado por delante a todos sus enemigos. Se la sigue admirando, pero sobre todo se la teme. Ya no hay holandés, no sé si lo he dicho. Ahora tenemos un italiano, de modo que ni Joop ni Chanel, ahora meamos Armani. Bueno, yo ya no meo nada, pero es igual, ustedes me comprenden, ¿verdad?

Sin embargo, la que veíamos en la oficina, la que observaba yo tan de cerca, no es Ana del todo. No es el total. Es mala, ya se lo he dicho, pero al estilo de las cobras, que sólo muerden cuando no les queda más remedio. Ana no va por la gente. Si alguien se le atraviesa, como el difunto director de servicio técnico, le busca la yugular, pero despacito, no descarga el golpe si no está segura de matar, de contar con los apoyos necesarios para dejar seco al otro, hacer imposible que reviva. Se ha vuelto más vaga, también. Yo creo que ya no le gusta esto. Lo hace demasiado bien, con la mayor maestría, tanto que no le llena. También es verdad que ya no necesita matarse a trabajar. Lo hacen los clones. Echan humo, los cabritos, aunque son felices en su esclavitud. Además, quizá sepan lo que no sabe nadie, cuándo Ana se irá, subirá, desaparecerá. El puesto, entonces, lo deberán disputar. De ahí su rara coexistencia: se buscarán las carótidas cuando tengan que hacerlo, pero mientras tanto colaboran entre sí.

Lo más curioso de Ana, lo más extraño y difícil de definir, de explicar, es que a su modo es un ser humano. Quizá no tenga sentimientos, pero sí carne, y la carne padece necesidades. Las mías las ahogué hace muchos años, aunque supe que las tenía, y hasta pude hacerme una idea de qué sería eso de ser de otro, de entregarse a otro. Luego se lo cuento. Igual no, que para esas cosas soy muy cortada. Bueno, ya veré. Lo percibí, estoy de nuevo en Ana, una vez que agarró una intoxicación muy seria. Una mariscada –qué otra cosa podía ser; Ana no come como los demás vendedores, o los demás directores; sus *expenses reports* son siempre abultadísimos; los compensa vendiendo, y salvo sus difuntos enemigos nadie ha osado reprochárselo, pero menuda vida se ha pegado, y se pega, por cuenta de la compañía–, que a pesar de ingerirla en un restaurante de muchas campanillas debía tener algo mal, tanto que la hospitalizaron. La recuperación fue lenta. La física. Intelectualmente nunca se alejó del pie del cañón, ni siquiera cuando deliraba en la UCI. Una vez en su casa, y de un modo progresivo, fue volviendo a la batalla. El móvil y el PC, es lo que tienen, aunque había cosas que no podía resolver desde allí. Como firmar. Cualquier otro apoderado habría podido hacerlo por ella, pero Ana es muy desconfiada. Cada dos o tres días le enviaba un mensajero con la firma, y a la hora estaba de vuelta con los papeles formalizados. Un día, sin embargo, los documentos requerían unas explicaciones que ni sabría darle por teléfono ni a través del mensajero, de modo que, de acuerdo con ella, cogí un taxi y me planté en Majadahonda.

Me costó dar con su casa. Una de esas urbanizaciones enrevesadas, con muchos árboles y jardines, pero incomprensibles para los que no vivan allí. El adosado de Ana era el último de la hilera situada más al interior. La urbanización estaba edificada sobre un desnivel muy pronunciado, de modo que la casa de Ana se asomaba como un balcón sobre los espacios comunes, y de modo, también, que no había forma de ver qué pasaba en su jardín privado, tanto por su elevación como por estar rodeado de un seto descuidado, aunque alto y tupido. En esos detalles me fijaba mientras esperaba que Ana saliera, porque no le funcionaba el mando de apertura. La vi llegar, descalza, envuelta en un albornoz y el pelo recogido en una toalla, como si se acabara de duchar. Desmejorada, porque diez días de cagarte por las patas abajo, que así describía ella su enfermedad, te dejan hecha polvo, pero dentro de lo que cabía no la vi mal. Lo primero, Pili, un café, que tengo la tensión por los tobillos. Sí, me acabo de levantar. ¿Quieres uno? Tú te lo pierdes, porque me sale muy bueno. Es lo único que me sale bueno en esta cocina. Una cocina, era evidente, donde nadie cocinaba, nadie guisaba. Parecía como de una exposición, muy grande, fantásticamente amueblada y equipada, pero donde nadie freía un huevo.

–Vamos arriba, que tengo ahí las cosas de currar –me espetó.

Arriba era la buhardilla. Las casas dicen todo de quienes las habitan. Si la cocina era un quirófano, el salón no quedaba lejos. Minimalismo puro. Una mesa de cristal donde podrían comer seis, los mismos que tomarían asiento en otras tantas sillas, no sabría decir si de tortura o de diseño, más un sofá muy grande aunque de aspecto incómodo, un equipo de música, un televisor enorme y ya está, eso es todo. Decorado al estilo de mi jefa, estado puro: nada en las paredes, nada en el suelo, nada en ningún sitio. Las cortinas, unos estores como de Ikea. Podría ser un salón de Ikea, si no fuera porque lo poco que contenía tenía pinta de carísimo. Del salón salía la escalera. El primer piso, el que debía ser de tres dormitorios y dos baños, ahora era una superficie sin tabiques. Todo a la vista: una cama grandísima, una celda de ducharse aún húmeda, una bañera para siete, el inodoro, el bidé y un lavabo. Muchos espejos, aunque no decorativos; eran puertas de armarios empotrados. Yo sabía que Ana lo pensaba reformar, pero hasta verlo no me pude figurar cómo había quedado. Se me puso un no-séqué en la boca del estómago al preguntarme cómo sería sentarse, bueno, ya me comprenden, la cosa del pipí y del popó, ahí en medio, a la vista de todo el mundo. Quizá no de todo el mundo. No era una casa de vivir con nadie. No veía nada que indicase la presencia sostenida de nadie.

La buhardilla también era estilo Ana, pero en la vertiente contraria. En lugar de minimalismo y funcionalidad, como en el salón y en el inusitado baño-dormitorio, aquél era un lugar muy recogido, de veras íntimo. Aquí es donde trabajo, se limitó a decir. Una mesa que salía de entre los anaqueles dispuestos a lo largo de la pared contraria a la escalera por donde subíamos, y donde se apilaban libros a centenares, si no a miles –no son míos; cuando murió mi abuelo me dejó su biblioteca, sólo es eso–, un butacón parecido al de la oficina, un sofá de aspecto cómodo en forma de L, alfombras por todas partes y una tercera chimenea. Caí en ello entonces, en que había chimenea en las tres plantas. Pese a ser un lugar muy acogedor indicaba que allí no vivía nadie aparte de Ana.

Se dejó caer en el vértice del sofá, encendió su *laptop* y comenzó a leer papeles. Yo, en el extremo más alejado, esperando que preguntase algo, pero Ana no necesitaba explicaciones. Lo normal en ella. Solía pensarse tanto las cosas que cuando le llegaban los problemas ya los conocía, y también la solución. El *laptop* estaba conectado, de modo que todo fue abrir su cuenta de correo y enviar un e-mail ametrallado sobre la marcha, de corrido, sin vacilar, sin dudar ante ninguna palabra, tanto si era en español como en inglés. Tras acabar firmó los papeles rutinarios, apagó el *laptop*, se desperezó y después se quedó como ida, con la expresión de la que acaba de recordar algo y se concentra en sabe Dios qué. Una situación violenta, siquiera para mí, porque bajo el albornoz no llevaba nada y al desperezarse se le habían escapado los pechos. Yo, lo digo para que si sitúen y entiendan, jamás en mis años había visto unos pechos de mujer. Al natural, quiero decir. En el cine sí, claro, y hasta en la tele, pero no es lo mismo. Aquéllos estarían a dos metros de distancia, de modo que no sólo los veía, sino que me resultaba imposible mirar hacia otro lado. Muy bonitos, me decía sin saber por qué, pues no sé de otros pechos que los míos, y de tan delgada y reseca como estoy se parecerían a esos que veía como las uvas pasas a los melones de Villaconejos.

–¿Qué hay de nuevo en la oficina? De cotilleos, quiero decir, que del negocio estoy al tanto. ¿Está Despiderman apaciguado? ¿Se ha suicidado alguien más? ¿Algún divorcio nuevo?

Su sonrisa de cuando quería ser cariñosa. Una sonrisa que veía muy raramente. Normal, me había dicho alguna vez. En el plan que pudiera tener para cargarse al viejo jefe yo debía jugar algún papel, y por eso me mimaba, pero ahora ya era La Jefa, no necesitaba ser un amor. Le bastaba con seguir siendo tan amable como siempre. Tan fría como siempre, también.

Empecé a dar novedades, que las había, pero al minuto me interrumpió.

–Estoy medio mareada. Voy a darme otro remojón, a ver si así espabilo. Baja conmigo y me lo sigues contando.

Al tiempo, se levantaba. Yo bajaba las escaleras tras ella, con aprensión. ¿Adónde podría yo mirar, cuando se quedara en atavío de remojarse?

–¿Qué decías de Conchita? ¿De verdad espera otro niño, a su edad?

Una pregunta muy normal según abres los grifos de una ducha torrencial, dejas correr el agua unos segundos, hasta que salga caliente, y te desprendes del albornoz, te quedas en pelota delante de tu ruborizada secretaria, te quitas la toalla del pelo y te metes bajo el chorro. El vapor me la ocultó al momento, pero aun así yo seguía sin respirar. Qué sensación tan indescriptible, verla desnuda. Tan alta, tan bien hecha. Tan hermosa. Hermosa, sí, aunque sea un adjetivo pasado de moda. Ana está más que buena, es más que guapa. Es, créanme, muy hermosa. Y lampiña, que aquélla era otra. No lo digo por las axilas, que las llevaba impecables, sino por lo de abajo. Como una recién nacida, se lo juro. Fue lo que me llevó más cerca del soponcio. Tan cerca que me tuve que sentar en una esquina de su cama revuelta.

–No te oigo. Chilla un poco más.

No era que hablase bajo. Era que me había ido demasiado lejos. ¿Qué hago? Pues levantarte y no te hagas la escandalizada, que las mujeres no se deben asustar de verse a sí mismas, pues todas tenemos lo mismo, lo había oído miles de veces aunque no por ello dejaba de aterrarme. Por eso jamás he ido a un gimnasio, ni he puesto los pies en un lavabo público si lo he podido evitar. Para la cosa del pudor soy muy extrema, y más con el pudor de los demás, pero ahí me lo tuve que tragar, y levantarme, y acercarme a la ducha, y seguir hablando en muy buen tono sin poder evitar mirar al trasluz de la mampara, y del vaho.

–Tiene cojones querer parir y querer criar, con cuarenta y tres tacos cumplidos. La Concha está como un cencerro. Tiene tres, ¿no? ¿Para qué coño querrá otro más?

Yo le decía que no lo habían buscado, que sólo era un regalo tardío del Señor, mientras ella emergía chorreante, con los ojos cerrados y buscando a tientas la toalla, la encontraba, se giraba y la emprendía con restregarse dándome la espalda. Por el amor de Dios, qué culo. Lo que habrían dado los vendedores al completo por ver lo que yo veía. Ni pizca de celulitis, cosa normal a los veintiocho años, cierto, tan cierto que tenerla en cantidad a esos mismos años no es nada extraordinario. Yo misma, que no tengo ni trasero, ni muslos, ni caderas, desde los veinte gasto una celulitis que no sé dónde se sujeta. Cómo se puede ser así, me decía luchando por no perder la concentración, por no dejar de hablar, por no tartamudear, mientras contemplaba hechizada la increíble, fantástica grupa de mi jefa.

–Ay la leche puta, que se me había olvidado el supositorio.

Ya estaba ruborizada, pero ahí me inflamé; ¿a que tenía el cuajo de ponérselo delante de mí?

–Es lo más jodido.

Con esas uñazas debía serlo, aceptaba yo mirándolas con ella, que se había vuelto hacia mí para enseñármelas.

Odio estas cosas, la verdad. Antes mil inyecciones que meterme nada por el culo, pero ya ves, los cachondos de los médicos, que no y que no, que lo que coño sea ese potingue sólo se despacha en ese formato, sólo te lo puedes administrar por ahí.

–Pues te habrás hecho daño alguna vez. –No me parecía mi voz, ni sabía de dónde salía; quizá fuera eso que alguna vez he leído en las novelas, que te desdoblas, y uno de tus yoes hace las cosas y el otro mira qué tal las haces, y qué tal te sale–. Las llevas larguísimas, es verdad.

–Bueno, siempre tengo alguien que me los ponga. Mi madre, que suele venir todos los días, o mi prima Ena, que casi es más hermana que prima... oye, ¿tú cómo las llevas, de largas? –Antes de que pudiera contestar ya me había cogido una mano, para ver lo que ya sabía, que a mis años me las seguía mordiendo cuando me ponía nerviosa, y me pongo todos los días–. ¿Me harías el favor? No estoy sucia, ¿eh?, que ya lo has visto, me acabo de duchar.

Una sonrisa entre pícara y simpática; yo, un estafermo; no me pregunten por la cara que tenía, que no podría decir nada; tampoco pude allí; apenas asentir. Suficiente para ella, que sin más sacó una cajita de no sabría decir yo dónde, de tan aturdida como estaba, me cogió de la mano, me condujo hasta la cama y allí se dejó caer, tan larga como era, dándome la espalda, una pierna extendida y la otra doblada, los brazos cruzados bajo su rostro, los ojos cerrados y semiexhibiendo una sonrisa no sabría yo decir si de confianza o de placer. El de entregarse. Yo, una completa gilipollas, con el supositorio en una mano y la cabeza tan vacía como pueda estar la de un difunto. Aun así, procedí. Ya saben, el desdoblamiento. Corté la funda, extraje aquél a manera de proyectil, mucho más largo que los Rovi que me pongo cuando voy estreñida, que también es casi siempre, me acerqué a lo que tantas pasiones despertaba en la oficina en otro tiempo –ahora da miedo–, con la mano izquierda separé los mundos, lo duros que estaban, oíganme y con la otra... pues eso que se imaginan, y el dedo índice detrás, empujando bien a fondo, mientras de más a la izquierda me llegaba un gorgoteo placentero, ay, Pili, qué bien me lo has puesto, eres un sol, ¿sabes? La ceremonia terminó al separarme de la diosa yacente, que aprovechó para encogerse de lado, dándome la espalda, y quedarse un minuto largo con el pompis bien apretado, como si temiera que aquello se le saliera.

Yo, espero que me crean, jamás hasta entonces le había metido el dedo por el culo a ninguno de mis jefes, ni a persona o bicho alguno... bueno, bichos, sí: mis odiosos niños ingleses, que una vez les tuve que poner un supositorio a cada uno... Ah, y a mi madre también, tendría yo veinte años. Claro, de ahí que supiera cómo se debía proceder. No fue instinto. Fue memoria involuntaria, incontrolada, muchos años apagada pero aún en servicio. Bueno, a lo que iba, que me lío: jamás me había visto en nada como aquello, en una situación tan íntima y con una persona tan temible, que ni así, envuelta en una sonrisa como de gato que se acaba de comer el canario del vecino, dejaba de ser una mujer de andarse con cuidado. ¿Y cuál sería mi papel, a partir de aquel momento? ¿Me habrían ascendido a la categoría de amiga íntima, sin yo saberlo?

–¿Cómo es que vas tan depilada? De ahí abajo, quiero decir.

No sabría explicar de dónde salió aquella voz que casi me sobresaltaba. El desdoblamiento, que ahí debía seguir. Ana se incorporó, para sentarse sobre la cama y mirarme con una expresión divertida, muy simpática pese a que yo la encontraba tirando a procaz.

–Tengo uno a quien le gusta que lo lleve así. –Les aseguro que jamás habría imaginado que mi jefa pudiera sonreír de aquella forma, con tanta malicia, con tanta picardía–. De paso, es cómodo. En la piscina y en el barco, quiero decir.

–¿En el barco? ¿Tienes un barco?

–Sí, desde hace tiempo. ¿No te lo he contado? Qué desastre soy. –Se había levantado del modo más confianzudo, despatarrándose ante mí como si estuviera sola, para buscar una toalla y hacerse una toga frente a un espejo de los seis o siete de cuerpo entero que había en derredor, bailoteando levemente, pendiente de sí misma y de su pelo, pero sin dejar de hablar–. Lo compré hace cuatro años. Una ganga de esas que aparecen de vez en cuando en el mundo de los militares. Un velero de veinte metros, no muy nuevo pero en buen estado. Nada de PPDLC –en la jerga de mi jefa, tan celebrada por todos, Puto Plástico De Los Cojones–: Todo madera y de la mejor, que la cubierta es de teka, como la de los viejos barreños. –Tardé semanas en saber que así llaman los marinos a los acorazados de otros tiempos–. Cuatro camarotes para dos personas cada uno, y un motorcito diesel para las encalmadas y maniobrar en los puertos, pequeñito pero matón, que sus buenos seis nudos es capaz de dar. No es como los que se hacen ahora, pero no puede ser más bonito. Muy marinero, además. Tendrías que ver cómo toma la mar. Y rápido, que a todo trapo hace doce nudos. ¿Que cómo se llama? *Kormoran*. No, así se llamaba ya de antes. No lo quise rebautizar. Sí, suena un poco raro, pero me da igual. Le pega la mar de bien.

Se había vuelto hacia mí, resplandeciente, su melena envuelta en la toalla, sonriendo con lo que parecía el mayor de los cariños y desnuda como un pez. Yo debía ir acostumbrándome, porque casi me apené cuando volvió a ponerse de albornoz entreabierto para señalar la escalera de bajar al salón, luego a la terraza y de ahí a dos tumbonas. Tras volver a su estado natural, o pelota picada si no lo han imaginado, se dejó caer en una de las tumbonas tras señalarme la otra. No seas tonta, quítate la ropa y deja que te dé un poquito el sol, que de puro blanca pareces desteñida. No, aquí no nos ve nadie. Ni por la derecha ni por la izquierda, no te agobies, boba. Que no, que no pasan aviones por aquí. Ni autogiros. Ultraligeros, tampoco. Eso está bien. Así me gusta.

Yo debía estar loca, o haberme vuelto loca. Por primera vez en mi vida yacía bajo el sol como vine al mundo, aunque con algunos kilos más. Ni siquiera me importaba la evidente diferencia estructural entre Ana y yo. De repente me habían entrado unas ganas locas de volverme como ella, de ser como ella. Ya sabía que a mis cuarenta y siete tacos tal cosa sería un sin sentido, pero me apetecía, y también por primera vez en mi vida bastaba con que me apeteciese.

–El barco es maravilloso, para disfrutar y para trabajar. A veces nos juntamos cuatro parejas, todos buenos amigos, y aparejamos muy temprano. Como hay confianza no hace falta decir nada: en cuanto nos alejamos una milla, todo el mundo en bolas. Sí, a veces hay accidentes, ya sabes, uno que se despista y se le subleva el pito, pero dura un momento, lo que tardamos en desternillarnos a su costa y regarle con la manguera. No hay nada como unas buenas risas, te lo juro. Desactivan cualquier mal rollo. Ahora, no siempre somos todos amigos. A veces es más social, más de reunir gente que no se conoce de nada para estar unas horas al aire de alta mar, pescar algún atún, que alrededor de Alborán aún quedan, o algún marlin, y hasta una vez cobramos una tintorera... pues eso, a pescar y a tomar el sol, aunque no al completo, no al estilo «¡Todo el mundo en cueros, ar!». Yo, que soy la capitana, intento animar el ambiente con un tanga que te cagas, ésos de hilo dental que son peores que ir sin nada, y a la que puedo me quito el sostén, a sabiendas de no pasar de ahí, que las señoras no se cortan por un *topless* pero los hombres son otra cosa, y más los clientes.

Por lo demás, todo el día navegando, yo al timón y los pobres caballeros pendientes del bauprés y moviendo la botavara de un lado para otro, con cara de asombro porque rara vez les ha mandado una mujer, y menos a gritos, que a bordo de un velero no se susurra, y las tías descojonándose, ya verás en casa, Manolo, ¡esa cangreja, leche, con más brío!, ya te daré yo a ti gritos de marinería, y ahí, cuando el ambiente ya es cojonudo de verdad, que todo el mundo se mea de risa, voy por la nevera, saco las langostas y el Dom Perignon, y cada uno de los de a bordo acaba pensando que si hay Dios es un Dios que navega en su *Kormoran*, el que tenga. ¿Que cómo es que soy la capitana? Pero coño, Pili, la de veces que te lo he dicho, que mi padre ya es vicealmirante y mi hermano mayor manda la *Numancia*, un pedazo de fragata. Soy la única chica de una familia naval. Chica, sí, pero tan marino como el que más. Aquí donde me ves, de pequeña me armaba unos chochos del carajo con lo de la izquierda y la derecha, pero si me decían babor y estribor todo salía bien, no me confundía. Fíjate cómo sería, que cuando la primera comunión, las niñas bajando en dos filas para rodear el altar, y yo la primera de mi fila porque ya era la más alta, la monja jefe, al llegar a su altura, me suelta, la cabrona, señorita Moreno Ferreiro, siga usted por estribor. Las veo de vez en cuando, porque las quiero mucho, y cuando recordamos aquello la tía se descojona, tanto que se le suelta la faja, se le descoloca la toca y se le aflojan los esfínteres, el de alante y el de atrás, ¡no te rías así, que te va a dar algo, idiota! Por cierto, hablando de langostas, ¿qué tal una con un poquito de Taittinger, que ya estoy hasta el culo de arroz hervido? ¿Y algo de caviar, para empezar? ¿Una latita de beluga, como si fuéramos las princesas de Mónaco? Pues venga, vamos a la cocina, que si lo preparamos entre las dos acabamos antes. ¿Que no tienes albornoz? ¿Y para qué coño quieres tú ponerte nada? En esta casa, Pili, nadie se pone nada. Nunca.

La una menos cuarto, me digo con sobresalto. ¿Me habré dormido? No. Es el ensueño, el recuerdo de un día que, fíjense lo que les digo, ha debido ser el más bonito de mi vida. El más intenso, el más emocionante. Al llegar a casa sin haber pasado por la oficina, serían las nueve, me sentía como fuera de mí misma. Recuerdo haberme preparado un baño, haberme sumergido en un agua poco menos que hirviendo, para volver a contemplar, en mi memoria, el cuerpo desnudo de mi jefa. No se pueden hacer idea de lo que me cuesta decir esto, pero no me sé masturbar. En otros tiempos por si me desvirgaba yo sola y luego nadie me quería, imaginen cómo de gilipollas habré sido, pobre solterona tan beata como ignorante. Ahora, porque no sé qué se hace, qué hay que tocar, en qué hay que pensar. Los hombres, alguna vez me lo han contado... no, alguna vez he leído, lo tienen fácil. Un *Playboy*, tres o cuatro escupitajos y ya está, qué cosa tan estupenda, qué a gusto me quedé. Las solteronas de cuarenta y siete, y las de cuarenta y ocho, no tenemos la menor idea de qué hay que hacer para correrse, y perdonen que lo diga de un modo tan bestial, aprovechando que me levanto para ir a buscar el despacho número trece. Un día me moriré, como todo el mundo, y lo haré sin saber qué cosa es un orgasmo. Pobre de mí, qué vida me ha tocado vivir. Para qué coño habré vivido y disculpen mi amargura, pero ésa soy yo: pura y simple amargura.

Despiderman. Rosita. Un pavo que no conozco; el abogado, seguramente. Bien, muy bien. Ya lo he superado, de veras que sí, no te preocupes, Rosa, cariño. No, no lloro. Ya he llorado bastante, o ya lloraré después. ¿Que nos llaman, dices? Qué deprisa va esto. Así debe ser cuando te van a fusilar. El conciliador de la Comunidad. Cojones con el cargo. ¿Qué coño será eso? ¿Algún cuerpo superior, nivel treinta o por ahí? ¿Habrá que opositar para poder conciliar? Cómo se saluda con Despiderman, el hijoputa. Claro. Es un punto, aquí. Un cliente habitual de un bareto de putas habituales. Yo, la puta. Qué más quisiera yo, que haber sido puta siquiera cinco minutos. ¿Que si estoy de acuerdo con la cantidad? Y cómo no lo voy a estar, si es la que dijo Ana. ¿Dónde hay que firmar? Ya, que aún falta. Bueno, pues diga usted qué diablos falta. ¿La empresa reconoce que el despido es improcedente? La Empresa Reconoce, se arranca Despiderman, solemne cual obispo maricón entonando *Ad Maiorem Gratiam Dei*, o como se diga en latín esa chorrada tan sacra. Pues ya está. Tres actas: yo, Despiderman y el Servicio de Mediación y Arbitraje de la Comunidad. Las firmo y recojo mi talón. Veinticinco años de mi vida terminan en este talón. A seguir bien. Y su jodía madre de usted, señor conciliador de la mierda, ella también.

–Volvemos a la compañía. ¿Quieres que te dejemos en algún sitio?

Jamás sabrás, Despiderman de los cojones, Pepito Carrillo para el mundo mundial, lo cerca que has estado de llevarte ahí mismo, en los huevaños, un zapatito del treinta y nueve.

–No, que tengo que ir al banco. Gracias de todos modos. Un beso, Rosa.

Se van. Que os den por saco. A ti, Rosa, que te den aún más. Te has vendido, igual que los demás, con tal de seguir cobrando a fin de mes. Ahora entiendo tu Baume & Mercier y el Swatch que le regalé a la hija de la portera. *Life is life*, que decía uno de los gaviotas cada vez que se follaba un padre de familia cuyo delito era no haber hecho unas oposiciones. Lo que habría debido hacer yo, bien que lo decía tía Gadea, la Supertacañona –van a poner otra vez el *Un, dos, tres*, ¿lo sabían?– que ahora sería jefe de negociado del cuerpo administrativo y podría morirme de asco en alguna de las consejerías de Castilla-León con oficinas en el edificio de servicios múltiples de Burgos, así le caiga un rayo y lo desintegre. Nunca seré, nunca lo podré ser, capitana del *Kormoran*, doce nudos a favor del viento entre Alborán y Perejil, en pelota picada con un coro de clientes enfebrecidos aullando de lujuria tras de mí. Que os den por culo a todos, reitero mi maldición, si no por otra cosa porque acabo de coger un taxi, un Skoda precomunitario que huele como si algún megaterio se acabara de peder a mi lado.

–Príncipe de Vergara con Ramón de la Cruz. La oficina de Caja Burgos.

Pili, odio decir lo que voy a decirte, pero tus días aquí han acabado. La compañía se reorganiza. Los maquinillos se mueren, el software también. El futuro es la consultoría. Lo sabe todo el mundo, pero nadie lo quiere aceptar. Bien, pues ahora se impone. Desde arriba, por decreto. Dentro de unos días cambiará la organización comercial. Habrá dos direcciones. Grandes Cuentas, que la llevaré yo, para vender servicios de consultoría. En Productos de Mercado, que agrupa lo demás, se hará lo que se pueda en tanto no la cierren, que no tardará. Todo se reduce, todo se concentra. Las secretarias comerciales, también. Hoy sois cinco, y si te digo que tú eres la mejor no es por darte coba, porque al tiempo te digo que adiós, que mañana no vuelvas. Eres la mejor, pero la que se queda es Claudia, que con la del director general serán las únicas secretarias comerciales. Concha, Tere y Mariví se irán en unos días. Si quiero que te marches antes que todas ellas es porque te vas a llevar más dinero. ¿Recuerdas el año pasado, en Navidad, cuando te dimos una gratificación extraordinaria por tus veinticinco años de servicio? Pues era una milonga. Sólo pasó que aquí hay cosas que nadie se atreve a negarme, y yo ya bien sabía que acabaríamos así. En tus números de indemnización se ha tenido en cuenta ese dinero, más algún error de los que yo sé cometer, y sabes bien de lo que hablo, que Pepe te lo habrá contado. Te vas a llevar el equivalente a ocho años de tu sueldo. Ya lo sé, no te arregla la vida, pero si en el INEM te sale mañana un curro tendrás el mejor plan de pensiones imaginable. ¿Que por qué se queda Claudia, y no tú siendo mejor? Tienes derecho a saberlo, aunque te pueda herir. Claudia tiene veinticinco años y es mona, pero eso no cuenta. Lo que cuenta es que la recomendó el consejero delegado de un bancazo, uno de nuestros mejores clientes, y a ti no te recomendó nadie. Aún más importante, ¿imaginas si un día te digo ponme con La Moncloa, con el presidente del gobierno? Te mearías de risa, pero si me vieras insistir llamarías, y el que se mearía de risa sería el del otro lado. Si se lo pidiese a Claudia, que lo sepas, el presidente se pondría. No por ella, ni por mí, sino por el papá de Claudia. Eso es lo que valora el italiano. Es injusto, soy la primera en decirlo y más porque soy yo quien te despide, pero así son las cosas, Pilar. Gracias a Dios, te vas con una buena cifra. Más, mucho más, de lo que se van a llevar las otras, pero eso no te puede consolar. Nada te puede consolar, ya lo sé. Sólo te pido una cosa: no te fatigues en odiarme, porque no te arreglará el cuerpo. No te sentirás mejor por eso.

Tiene razón. Siempre la tiene. No la odio por eso. Ustedes, a estas alturas, ya se dirán que mal bicho sí lo es, y una cabrona mala puta, pero contigo se portó como una madre, ¿no, Pilar? Es verdad. Conmigo se ha portado... maravillosamente. Me ha otorgado la libertad para el resto de mi vida, soy la primera en reconocerlo. No la odio por eso, no soy tan injusta. Ni tampoco porque sea ella la que me ha despedido, porque no le habría costado nada irse unos días de vacaciones, a navegar con su *Kormoran*, y hacer que Despiderman me machacase, como al pobre Poli. No es por eso, no he pretendido engañarles. Si la odio, si la mataría, es porque nunca más podré verla, ni oírla, ni tocarla, ni olerla...

Nunca más la podré adorar.

FERRARI 250 GTO

El recuerdo más antiguo que conservo en mi memoria toca todos mis sentidos: el tacto algodonoso de la grasa disuelta en la benzina, la pestilencia del taller, el gusto salado de mis lágrimas, las voces de padre –¡no es así, no es así, pon más cuidado, leche!– y la vista de las piezas de acero asomando de la porquería que flotaba en la batea y que yo debía dejar resplandecientes, porque a los cuatro años que tendría por entonces ya debía empezar a pagar la deuda de haber sido parido en aquel pueblo del demonio.

No sé si nací para mecánico, y aún menos si habría sido capaz de ganarme la vida de otra forma, pero si te alumbran en el chamizo de un herrero, en un hosco poblachón de la Siberia extremeña, y tu hermana mayor es mongólica de solemnidad, el pequeño tonto del culo y tu padre rara vez llega lúcido a la siesta, no te queda más remedio que aprender el oficio y cuanto antes, porque con lo que saca madre de coser, arreglar, zurcir y remendar, y los cuatro huevos que alguna vez ponen las gallinas, ya desde mucho antes de la primera comunión tienes claro que o espabilas, o a la confirmación no llegas.

El que no llegó fue padre, porque la carrera entre su cirrosis y mi devoción tenía el ganador cantado desde antes de calar yo mi primer diferencial. Yo tampoco llegué; montar un grupo cónico a base de hostias te hace comprender que no hay Dios, o que si lo hay no es de fiar, de modo que te apuntas a *Es que no tengo tiempo, padre, hay mucho trabajo en el taller,* y te das de baja en ir a misa, que la fe no es capaz de compensar el rencor que acumulas. No sólo por ni saber de qué color fueron tus uñas, sino por comprender que no vas a ser alto, ni guapo, ni esbelto, que a fuerza de gachas, berzas y garbanzos llevas el peor de los caminos, y que las niñas del pueblo, a las que prefieres no ver, no tratar, unas te llaman Culo de Vaca y las otras Enano Saltarín.

Que padre la espichara fue un alivio para todos. No perdíamos nada, porque hacía meses que no empuñaba un destornillador, de modo que siguió entrando lo mismo, con menos gasto. Cuando mi hermano se cayó de una escala de varear olivos, con la mala suerte de troncharse la nuca y quedarse ahí, en el sitio, perdimos aún menos, aunque a madre le dio pena. No la recuerdo prodigando cariño. El poco que podía dar se lo llevaba la Paquita, y en todo caso el cretino de mi hermano, pobre imbécil, otra víctima del raquitismo secular de mi tierra mísera. Para mí nunca hubo nada. Ni una caricia, ni un beso, ni un *Abrígate, que hace frío*. Debía tenerme por indestructible, y pudiera ser que con razón, porque no recuerdo haberme quedado en cama un solo día de mi niñez; quizá ni de mi vida. Éste no necesita nada, parecía pensar. Por eso se lo daba todo a Marcos, el bobo, y a la pobre Paquita. Por eso, pienso yo, sentí muy poco, si es que sentí algo, cuando un día de julio, cuarenta y tantos a la sombra –Extremadura es así–, no se levantó de su siesta. Nadie me acompañó al cementerio cuando la llevé tirando del carro a la fosa donde padre la esperaba. Debe ser una maldición familiar: a nuestras tumbas vamos solos. Así nos quedamos la Paquita y yo, y comprendan ustedes mi desazón, la de no saber qué hacer con ella. Escuché toda clase de sermones, desde los piadosos del cura bujarrón hasta los patrióticos del alcalde falangista, que hay que haber tenido diecisiete años en un pueblo como el mío en pleno *Vente a Alemania, Pepe*, pero el interventor de la caja de ahorros, un tipo extrañamente decente, fue quien me dio el buen consejo:

–Benjamín, lo que tienes y nada viene a ser lo mismo, pero entre lo que se pueda sacar de la choza y el taller, las cuatro gordas de las pensiones, algo que le saquemos al ayuntamiento, algo que nos den los del 18 de Julio, y lo que puedas tú poner cuando te coloques, pues la metemos en una residencia de oligofrénicos, que con eso del Plan Badajoz han hecho una en Cáceres y otra en Mérida, y ya está, todo arreglado: ella tendrá la vida resuelta, y tú, pobre desgraciado, podrás empezar a vivir la tuya.

Muy bonito de decir, pero ¿cómo empieza uno a vivir con diecisiete años, sin un duro en el bolsillo, sin más cultura que las cuatro reglas y una letra indescifrable? Sabía de mecánica, sí, pero la España de la Estabilización, eufemismo que significaba *Vete a ver mundo, burro, que aquí no queda nada*, no era buen sitio para que un paleto de mierda, tan de mierda como yo, se atreviese a nada que no fuera echarme a llorar en la sucia oscuridad de una pensión de Badajoz. Una pensión que fue mi bendición, y háganme ustedes el favor de disculpar el pareado. Sucedió que la dueña era una viuda de Aviación, y reciente, pues al marido se lo habían cargado en lo de Ifni, y viéndome tan hecho polvo, tan jodido, me dio la solución.

–Un día u otro tendrás que hacer la mili. Para ir por tu quinta te queda demasiado. ¿Por qué no vas ahora, de voluntario? Te la quitas de encima, espabilas, que buena falta te hace, e igual hasta sales con un oficio aprendido. ¿Que eres mecánico? Pues *a més a més* –era catalana, *de la ceva*, pero apenas se le notaba–, te licenciarás con un título militar y tardarás poco en conseguir un buen empleo.

Apenas lo pensé. Todo me parecía tan oscuro, tan hostil, que la perspectiva de tener dónde dormir, algo de comer y no preocuparme de cómo vestir me parecía preferible a tirarme al Guadiana, si no por otra cosa porque aquel verano de los últimos años cincuenta, esos inolvidables de *NoDo*, conspiración judeomasónica y pertinaz sequía, venía muy bajo de caudal y para poder ahogarse con las debidas garantías hace falta no hacer pie, o eso creía yo, porque tampoco sabía nadar. En realidad, salvo de mecánica y cascármela no sabía de nada.

La viuda conservaba sus contactos, y así, al mes o poco más, me vi llegando con los cuatro trapos que tenía, y cuando digo cuatro no exagero, a la base aérea de Talavera la Real. Todo fue bien, ya casi estaba dentro, pero el oficial médico dijo no verlo claro, que dar la talla en Aviación requería más centímetros. En tierra, en cambio, no harían ascos a mi rechoncho metro y cincuenta y siete. Ya me veía de caqui cuando asistí a la primera finta chusqueril de mi larga vida militar.

–El chaval es mecánico, mi capitán. ¿No decía usted que le sonaba raro el coche?

La primera mirada inquisitivo-castrense de las infinitas que ya llevo. Una duda, que se notaba, pero ahorrar un dinerillo siempre ha podido más que ser estricto con las normas.

–Vaya usted con él, que yo iré cuando acabe. Las llaves están puestas.

El chusquero no necesitó decirme que aquélla era Mi Oportunidad. Tampoco yo necesité más de un minuto para que aquel cascajo, un Once Ligero mucho más viejo que yo, me dijera por el ruido que se había pasado de punto, quizá por la porquería que acumulaba en el distribuidor. Media hora de desmontar, limpiar, montar y ajustar con el más exquisito de los cuidados, y aquel cuatro cilindros volvió a sonar como seguramente no lo hacía desde muchos años antes.

Mis centímetros pasaron a ser suficientes. Ya era recluta, pero antes de vestir mi reciclado –entonces le decíamos remendado– uniforme de faena comprendí que vivía un milagro: quedaba rebajado de instrucción y de toda clase de servicios. Me ocuparía del taller de la guarnición, no el de los aviones, no se vayan ustedes a confundir. El taller donde jefes, oficiales y chusqueros llevaban sus monturas. Había de todo, aunque raro era lo que tenía menos de quince años. En cierto modo, el distribuidor de aquel viejo Citroën vino a ser, para mí, la sonrisa de los dioses. Cuando menos, mi destino quedó trazado en ese instante, con diecisiete añitos, a un mes de cumplir los dieciocho. Para siempre, aunque no lo comprendiera entonces.

No les quiero fatigar con el relato de mi vida. Me aburre incluso a mí. Basta con que les diga que fui un chusquero decente, que jamás pegué un tiro ni solté una leche, y que por mis manos han pasado casi todos los tipos de vehículo que alguna vez haya comprado el Ejército del Aire. También, ya lo habrán imaginado, los de todos los jefes que he tenido. Ascendí a fuerza de años, de callar, de hacer bien mi trabajo y no buscarme líos, así que llegué a lo más elevado de la escala chusqueril, la estrella de cinco puntas. Por entonces no arreglaba coches. La vida militar, es lo que tiene. Asciendes, asciendes y asciendes, y no te niegas porque necesitas el dinero, pero un buen día, cuando te llega la sardineta, descubres que has dejado de ser un sargento primero especialista, excelente mecánico donde los haya, para volverte un mal administrativo, encargado de asignar coches a conductores en el Grupo de Automóviles del Cuartel General del Ejército del Aire. Hasta entonces bebía un poco, en las bodas y alguna vez después de comer, pero volverme un chusquero de verdad hizo que comenzase a darle al frasco también de verdad. Herencia genética, debía ser.

También la vida empezó a rechinarme. Primero, la mujer. Pobre Adela. No es que fuera una bruja, o me pusiera cuernos, o se hubiera vuelto una guarra. Nada de eso. Se marchitaba, simplemente. Yo pensaba, cuando pensaba, y no era cosa que supiese hacer todos los días, que serían los años, la nostalgia, el no hacer falta, que la niña ya era mayor y se había casado con un sargento de academia, nada de un chusquero como yo, que incluso habla inglés, el tío. Pues no. Un cáncer de teta de los que llaman inflamatorios, vayan ustedes a saber por qué. Duró poco más de un año, entre operación, radiaciones, quimioterapias y putadas diversas. Para qué, me preguntaba por entonces, de nuevo sobrio aunque sin ganas. ¿Para morirse como se moría, destrozada, retorcida y paralizada como un perro atropellado por un camión? Los últimos meses... sé de unos cuantos, y de unas cuantas, a quienes se los desearía de todo corazón. Cuando murió, pues qué quieren que les diga. La paz. Para todos, ella la primera. La paz para la hija, y para el yerno. La paz para mí. La paz, eso sí, del silencio. De la soledad. Nunca he sido de grandes necesidades, que la vida militar enseña mucho –aviado vas si no sabes apañártelas con dos duros–, pero la casa se me venía encima. La hija se quedó unos días conmigo, aunque andaba muy preñada, y el yerno, que le habían destinado a un regimiento de montaña, cada día que pasaba la reclamaba un poco más. Un buen tío, no vayan ustedes a pensar que le critico. La trata bien. Alguna vez le suelta una hostia, pero conociendo a mi niña, la mala leche que tiene, a quién habrá salido la jodía, prefiero mirar para otro lado y no darme por enterado.

Así que ahí me quedé, triste, solo y curda, en mi chalecito de la colonia militar Arroyo Meaques, esos de Campamento que por fuera parecen como a punto de caerse y por dentro como si ya se hubieran caído. Un estado que apenas me duró, porque de un modo que me pareció muy rápido, como si mi vida fuera un Talgo descarrilando por la ladera de una montaña, primero me ascendieron a subteniente, luego me dijeron que mi casita de los últimos quince años no era para viudos sin hijos solteros y, por último, que había dejado de hacer falta. El Ejército del Aire, mi vida desde antes de cumplir los dieciocho, me despedía. De buenas maneras, eso sí. Ascendido a teniente, a efectos de paga y uniformidad cuando quisiera uniformarme. Podría vivir razonablemente bien, y más con mi estoica manera de ser, que aún uso los calzoncillos de cuando era cabo primero. Incluso un trabajo si lo quería: conserjeordenanza en el Cuartel General del Aire, cosa compatible con ser oficial chusquero en la reserva, pero no acepté. Militar, sí. Del chusco, también. Ordenanza, su puta madre.

Se acercaban los días de colgar el uniforme y dejar la casa. Seguía sin saber adónde ir, ni qué hacer. La hija me decía *Vente con nosotros, que hay mucho sitio y así te ocupas de la nieta,* pero yo sabía que con la boca pequeña. No por ella. Por él. No era que nos llevásemos mal; es que no hay gallinero donde vivan bien dos gallos, y yo no era tan viejo como para dejarme los espolones en Madrid. Ni para eso ni para más cosas, que salir por ahí de vez en cuando y hacerme algún regalo de la parte de los bajos siempre me ha gustado, no todos los días pero tampoco una vez al año, y a ver cómo iba yo a poder en Sabiñánigo, nada menos. No, ni hablar. Yo, en Madrid, pues con los años he terminado por ser más de aquí que la Cibeles, pero seguía sin saber cómo, ni dónde. En esto, como aquella vez en que mudé de civil a militar, la sonrisa de los dioses: un coronel al que le habían hablado de mí. Lo suficientemente bien como para proponerme una salida interesante. Unos meses antes había heredado una nave industrial, grande y en buen estado, en una callejuela fronteriza entre Orense y Tetuán, la tierra de nadie que separa el Madrid más trepidante, más a la última, del de la emigración, la de ahora y la de antes. La de siempre. Una nave, razonaba el coronel, que un día u otro acabaría por ser recalificada, para volverse solar enorme lindando con la zona Orense, lo que le haría requetemillonario –por entonces sólo era millonario, y para su vergüenza en tristes pesetas–. Esto, por desdicha, no sería mañana, ni en unos cuantos años, pero tampoco tenía prisa. En el entretanto pensaba sacarle alguna rentabilidad, aunque de forma que una vez se le apareciese la Virgen pudiera vaciarla de la noche a la mañana, lo que implicaba no cargarse con obreros, ni con nada que un abogado malnacido pudiera usar para sangrarle. La nave, que había servido como taller de chapa y pintura, pero no de coches, sino de autobuses y camiones, estaba despejada en su planta principal. La semiplanta superior, que se proyectaba sobre un tercio de la superficie horizontal, antaño fue zona de oficinas, pero se podía reconvertir en un decoroso apartamento, con su buen cuarto de baño, su cocina, un salón razonable, cuarto de invitados y dormitorio de los grandes, como de *meublé*. Su idea era convertir aquella nave industrial en parking de abonados. Abriría de seis de la mañana a doce de la noche, de lunes a sábado. Así podría cubrir dos mercados tan complementarios como necesitados, al menos en aquellos andurriales: de día, los ejecutivos de medio pelo que trabajaban en el cercano AZCA, medio pelo porque no podían aparcar en sus empresas y ejecutivos porque se negaban a ir a la oficina en metro. A la caída de la tarde, los residentes cercanos que hacían su vida laboral en otro sitio y que tampoco podían aparcar en sus viejas casas, construidas todas ellas antes de que fuese preceptivo edificar con garaje. Mi función sería recoger los coches, meterlos en la nave como buenamente pudiera y devolverlos a sus dueños cuando los vinieran a buscar. El pago, por banco, directamente al coronel. El sábado, a medianoche, cierre bajado y hasta el lunes. Debería buscar a alguien para cuando quisiera salir, o para cubrirme las vacaciones, lo que no sería complicado, porque chusqueros jubilados antes de tiempo, capaces de mover coches, había mogollón.

Le di unas cuantas vueltas. No era un porvenir apasionante, aunque tampoco mi vida tenía mucho de novelesca. Para ver la tele de vez en cuando, leer alguna novelucha de las que compro en el Rastro, y poco más, daba igual hacerlo allí o en cualquier otro lugar, con la salvedad de que allí me saldría gratis. Luego estaba el salario de atender el garaje, por descontado que al negro más absoluto. Unas cosas con otras, y sumando las propinas que pudieran caer, que al vigilante de un garaje siempre le caen, pues como una segunda pensión.

Al mes, o así, las obras estaban terminadas y mi chiscón –me parecía exagerado el pomposo *apartamento* que decía el coronel– estaba listo. Preparados, pues, para levantar el cierre, y eso hice un lunes, el primero de un helado diciembre. Allá como por marzo no cabía un coche más, y mi vida volvió a ser rutinaria. No por mucho tiempo. Sucedía que allí, en aquella tierra de nadie, además de los mercados que antes dije había un tercer mercado, uno de profesionales que también trabajaban en los alrededores de la calle Orense, aunque no eran ejecutivos de medio pelo. Eran autónomos –bueno, autónomas–, y sus horarios resultaban un tanto disparatados, pero se ajustaban exquisitamente a nuestra oferta comercial. Así, buena parte de los que dormían en mi atestado ex taller eran coches de puta, lo que no me importaba. Sólo me sorprendía.

Los coches de las putas suelen estar mal mantenidos. Una pena, sobre todo si son buenos y allí había mucho BMW, que también entre las putas hay clases, pero es preciso comprender que las pobres chicas padecen horarios imposibles. Un buen día le dije a una que se le había encendido la luz de poco aceite, y la pobre casi se me pone a llorar. Me conmovió, para qué decir otra cosa. No se preocupe; si quiere, se lo cambio. Ah, ¿pero usted sabe hacer esas cosas? Un poquito, hija, un poquito. ¿Y además de lo del aceite me podía mirar los frenos, que cuando piso fuerte se me va de un lado? Pues también, hija, también. Ay, no sabe cuánto se lo agradezco. Se lo pago, ¿eh? Ya me dirá usted cuánto. Ay, qué bien, qué peso me ha quitado de encima.

Fue curioso, a la noche y con todo en silencio, volver a verme con un coche sobre el foso y yo con los trastos del oficio, que se los habían dejado los de antes y yo no había querido tirar a la basura. Años, y muchos, habían pasado desde la última vez que metí mano a un coche que no fuera mío, o de mi hija, pero la mecánica viene a ser como ir en bicicleta, si lo aprendes de pequeño jamás se te olvida, y aunque los discos delanteros se me resistieron un poquito, a la tarde siguiente su dueña ni lo reconoció. Le había hecho mucho más de lo que me había pedido. A la noche, cuando lo trajo a dormir, estaba tan radiante, tan feliz con su 318 vuelto a estrenar, que además de pagarme con largueza me obsequió con una propina que yo no le había pedido, pero una vez metidos en harina hube de admitir que a mi pobre Adela jamás se le habrían ocurrido semejantes guarrerías. No es que yo sea un ignorante o un mojigato, que muy buenas películas he visto, pero no es lo mismo verlo que gozarlo, de modo que terminé quedándole la mar de agradecido. Una chica encantadora, y además de la tierra, de Almendralejo. Dios la bendiga.

Las voces se corrieron –es lo que pasa con los gremios; todo es introducirse–, de modo que a las pocas semanas ya tenía más coches a mantener que tiempo disponible. Solía juntarme con muchos atrasos, aunque para ponerme al día contaba con las fiestas y los fines de semana. Era como volver a mis tiempos de cabo primero. Los domingos, toda la nave para mí, solos yo, los coches y el *Carrusel deportivo*. El fútbol me da lo mismo –a veces pienso que todo me da lo mismo–, pero reconstruir una bomba de gasolina mientras Rexach marca un gol –yo, de cabo–, o lo hace Luis Enrique –de teniente pasado a la reserva–, es extrañamente placentero. Una vez tuve un comandante que se pasaba las tardes dominicales construyendo una maqueta de trenes eléctricos que a mí me parecía horrorosa, pero él no podía ser más feliz, con sus vías, sus locomotoras y sus goles. Los coches, en cierto modo, eran mis locomotoras. Curiosamente, no era la primera vez que pensaba que en mi triste infancia sin juguetes los coches acabaran por hacer ese papel, sin yo darme cuenta. No conducirlos –sé hacerlo razonablemente bien, como cualquiera que se haya pasado cerca de cuarenta años probando coches, camiones y autobuses, aunque nunca fue una cosa que me volviera loco–, pero sí dejarlos mucho mejor que cuando me llegaban.

Las voces tienden a saltar de gremio, y así me vi con los que trabajaban lejos del barrio. Les ponía peor cara, porque sus horarios no les impedían llevar sus coches a talleres convencionales, además de que no soltaban propinas en especie, pero me conmovían con sus historias –tan falsas como ellos– y, si bien a regañadientes, acababa por hacerles el favor. Uno de ellos, que se llamaba don Enrique y me caía bien, quizá por ser morfológicamente parecido a un servidor, tenía un Volvo P-1800 blanco, como el del Santo, no paraba de decir, el tonto del haba. Un indestructible cuatro cilindros B-18 y dos carburadores doble cuerpo Solex 36. Dificilísimo de afinar, y si acepté hacerlo fue por lo mal que sonaba el infeliz, pero nada más empezar vi que aquello no era una simple avería.

–Oiga, don Enrique –en algo se me tienen que notar tantos años de chusquerez–, que lleva usted dos cuerpos anulados, con las mariposas soldadas. No tiene arreglo, que lo sepa, y dos carburadores nuevos, como éstos... pues prepare usted mandanga cantidad. La verdad, hay mecánicos que merecerían el paredón. ¿Quién le hizo esta cabronada?

Para mi sorpresa resultó que así lo había pedido él al chatarrero que se lo vendió. Lo había comprado por dos gordas, porque no era un modelo tan viejo como para pasar por *clásico* ni tan nuevo como para valer algo en el mercado. No era un coche de chatarra, ni mucho menos, pero el macarrilla que administraba el desguace a veces compraba coches raros con propósito especulativo. No le pareció ni bien ni mal que don Enrique prefiriese menos caballos a cambio de no gastar tanta gasolina. Don Enrique, debo explicarlo, conducía muy mal. No tenía reflejos, pese a no ser excesivamente mayor. Los coches, en realidad, le daban miedo, tanto que verle ir por carretera era preguntarse dónde andaría el coche fúnebre, porque jamás iba más deprisa de lo natural en un entierro. Lo que le gustaba de los coches, no hacía falta que lo explicara –he conocido más de uno– era el farde, aparentar, presumir. Igual con eso ligaba, y a saber qué, porque con el ramalazo que tenía sospechaba yo que lo suyo serían los camioneros, pero a mí, con treinta y tantos años de mili a las espaldas, todo eso me la sopla. Cada cual se las apaña como buenamente puede, que ir contento de los bajos es cosa de cada uno, y por mí como si le daba por las cabras, que tampoco sería el primero de mi vida.

Le dejé su coche lo mejor que pude y el hombre lo agradeció, porque rara vez le faltaba un pretexto para invitarme a un carajillo y charlar un ratito. Es curiosa, la gente. Yo, que apenas hablo con nadie, no tengo la menor necesidad de hacerlo, y él, que se ganaba la vida vendiendo servicios funerarios en el tanatorio de la M-30, el último de los mercados a extinguir el día que los mercados acaben por extinguirse, padecía una inexplicabe necesidad de hablar y no parar, de cualquier cosa, lo que fuese, con tal que no le interrumpiesen. Era verdaderamente aburrido, amén de un completo pelmazo, pero siempre fui muy bueno en oír al Mando perorar sin hacerle maldito caso, y así me tomaba el carajillo pensando en mis cosas mientras el otro me hablaba de la mar y de los peces. Ahí, en fin, era donde nuestras vidas coincidían, o donde se producía nuestra intersección existencial, que diría el chorra del coronel, cuando un día le veo llegar sin Volvo y con aire abatido.

–Me lo han robado, Benjamín. ¿Que dónde? Pues de la casita que tengo en Los Molinos. Sí, como se lo digo: directamente del garaje. Hijos de Satanás... Pero ¿para qué coño querría nadie un coche así? Si en cuanto den dos pasos por la carretera les van a pillar...

–Pues no sé qué decirle. Mire usted el Marcelino, el que hizo el gol a Rusia, que tenía uno como el suyo, lo dejó en el garaje del hotel y al volver de marcar el gol ya no lo encontró, y sigue sin encontrarlo, que nunca más lo han vuelto a ver. Es un coche muy goloso, don Enrique.

Pero sí apareció. Despeñado en un terraplén, a mitad de camino entre Collado y Moralzarzal, casi a distancia de ir a pie desde su casa. Lo sé porque me pidió que le llevara, y le dijera si merecía la pena rescatarlo, que no ya repararlo. No la merecía, porque no había sido un accidente. Lo habían asesinado. Primero se le cagaron dentro, después le rajaron los asientos, le destrozaron el salpicadero y le rompieron las lunas. Luego lo empujaron hasta el borde del barranco y lo hicieron caer. ¿Gamberrada? Yo diría que venganza. Odio, puro y simple. Alguien debía tener cuentas atrasadas con don Enrique. Ahí nos dejamos de ver, y pensaba yo que para siempre –se dio de baja como cliente–, cuando de nuevo le veo llegar, con la misma carita que habría puesto si Jesús Vázquez le propusiera una luna de miel en el Caribe.

–Benjamín, véngase conmigo. Es que me ofrecen un coche, y es un chollo tal que igual me la están metiendo, usted ya me comprende. Ande, sea bueno, que luego le invito a comer.

Le habría dicho que no, pero sentí curiosidad. ¿Qué clase de coche sería el que hacía poner esa carita de santa Teresa levitando al más triste vendedor de ataúdes que pueda uno imaginar, tan triste que Juan Simón, a su lado, parecería la Lina Morgan?

Ferrari GTO, modelo 1962. Cojones, me dije, y espero se hagan ustedes cargo y me disculpen tan grosera onomatopeya. Rojo fuego, por si algo le faltaba. Un fuego algo apolillado, pues tras la sorpresa inicial se notaba que aquella maravilla de la mecánica no estaba en buena forma. En ese punto, el vendedor, un muchacho con pinta de honrado –los peores–, nos contó su historia y la razón de que la dueña lo vendiera tan barato. Reducida y extractada, que aquel pollo se las traía en la cosa expositiva, la hermosa mala bestia era de los últimos GTO del modelo 1962. Su primer dueño fue un estraperlista italiano, que allí también los había. Ni lo estrenó; se limitó a meterlo en un garaje y dejar pasar el tiempo –los Ferrari, es lo que tienen; se revalorizan que no veas–, pero al año y pico salió por pies con los carabineros tras él. La justicia sacó el Ferrari a subasta y lo compró un francés algo extravagante –un GTO no es un Ferrari normal; es un Ferrari de ganar las 24 Horas de Le Mans, como supe días después– que tras dar un par de vueltas por Europa se lo trajo a España, más concretamente a Cataluña. Tenía una torre de las de antes, las que se podían edificar con las olas rompiendo al pie de la veranda, y no como ahora, que hay que construir a tomar vientos de la orilla. La tenía en S'Agaró, un pueblecito que recuerdo de haber ido una tarde por allí, con la parienta y la niña, pobres infelices, a tomar un Cocacols, o como escriban Coca-Cola en esos andurriales, y de paso ver cómo se lo montan los millonarios que veranean en el Hostal de La Gavina y no en Casa Roser, que como habrán ustedes sospechado era donde morábamos nosotros. El francés, por lo visto, estaba para los leones, aunque se las apañó para durar algunos años más. Su Ferrari de carreras le valía para ir a comer a Begur, o a dar una vuelta por Sant Feliu de Guíxols, o llegarse a Palamós los días de mercado. No debió pasar de Figueres, porque cuando se mató, sería en el 78, el coche no tenía ni diez mil kilómetros. Lo hizo, por cierto, en el Ferrari. Debía quererlo mucho. Hay que hacerlo para meterlo en la cochera, quedarse como vino al mundo, descorchar una botella de Taittinger –ahí ya me costó creer al vendedor, porque no creía que hubiera estado ahí para saber qué se bebió el francés al tiempo de cascar–, encender el radio-casete, poner el *This is the End* de un tal Jim Morrison, arrancar el motor y espicharla en gran estilo, como un completo caballero.

La hija del francés no miraba el GTO con simpatía, pero su chulo, que por lo visto era de Calahorra, sí. Se lo apropió, aunque no lo disfrutó mucho tiempo. Un fin de semana se lo llevó al pueblo, a fardar, a decir «Mirad adónde hemos llegado mi pito y yo». No debió hacerlo bien, o quizá fue que se pasó, porque al amanecer lo encontraron en el Ferrari, la puerta entreabierta, la llave en el contacto y la cabeza descalabrada. El garrotazo se lo dieron junto al coche, milagrosamente intacto. Las fuerzas le llegaron para reptar hasta la puerta, subir y ajustarse al volante. No pasó de ahí. Total, que la hija del francés volvió a tener Ferrari. Seguía sin gustarle, como tampoco le gustaba la torre. La cerró, con el coche dentro, y se volvió a París, o cerca, un pueblecito que se llama Seineport y donde tenía una finca que te cagas, o así apuntaba el vendedor, que hablaba el muy fantasma como si viniera de haber pasado allí el fin de semana.

Lo malo de tener mucho dinero es que ni te acuerdas de cuánto tienes. La hija del francés no sólo tenía horrores, sino que chapoteaba en un espeso charco de coca, vodka y toda clase de pitos mercenarios, o eso decía el vendedor, vuelvo a insistir, que con tanto detalle me hacía sospechar que nos cantaba una milonga, evidentemente no a mí, sino al babeante don Enrique, así que seguí callado y, por qué no, disfrutando yo también del culebrón. A su debido tiempo la francesa medio se muere. Tan cerca debió estar que la pusieron a pan y agua, de todo, y así fue que a los pocos meses dejó de ver anacondas saliendo del armario. Ahí le dio una crisis patrimonial, de a ver cuánto me queda, y para su horror le quedaba mucho menos de lo que pensaba. La torre y el Ferrari eran la desinversión más lógica, y en bloque se los colocó a un albañil de Badajoz –vuela, paloma rauda; corre, galgo veloz, y viva mi tierra, qué carajo– que se había forrado construyendo colmenas para guiris entre Salou y Cambrils. El hombre se había enamorado del Ferrari. Le costó un ojo de la cara importarlo formalmente, por mucho que llevase aquí la tira de años, y otro tanto matricularlo en Badajoz, pero le debió valer la pena porque nadie vio patán más orgulloso aparcando en la puerta de la Gàbia de Vidre para ponerse hasta las cejas, con alguna de las putas más ordinarias de BCN –me gustaría que alguien me dijera por qué ahora llaman así a la pobre Barcelona–, de lo más caro que hubiera en la carta, que a él le daba su buena educación lo justito para saber elegir por los precios. Una forma de ser tan válida como cualquier otra, no vayan ustedes a pensar que me parezca mal ser así. Quién pudiera, la verdad.

El albañil-promotor tampoco vivió mucho. Una maldición, debía ser. Un buen día, yendo de Candasnos a Bujaraloz a todo trapo, pisó un charco, planeó, se salió y acabó en un descampado. Llevaba puesto el cinturón de seguridad, pero el original, el que homologaban en los sesenta. De bandolera simple, los que no sujetan por la cintura. En uno de los trompos se abrió su puerta y la fuerza centrífuga le sacó fuera. El coche ya estaba por pararse, de modo que igual no se habría hecho nada, pero el pescuezo le resbaló por el filo del cinturón. Se degolló, él solito. Una muerte ridícula, si bien es verdad que jamás sabe uno dónde lo tiene, ni dónde le aguardan. La viuda no quiso ver el coche, que por otra parte estaba intacto. Algo enriquecido con hemoglobina pacense, pero nada más. El Ferrari, para ella, era otra de las queridas del difunto, y como no sabía de coches, ni le importaban un carajo, se lo regaló a una sobrina de Mérida que además de ser su ahijada le había salido tortillera. Debía ser mona, y con estilo, porque al poco de acabar sociología se vino a Madrid, con su Ferrari, su diploma y sus partes pudendas –más capital no debía tener–, se buscó una buhardilla en Chueca y una plaza para el Ferrari en el aparcamiento de la Casa de las Siete Chimeneas, –la de los fantasmas de derechas, que al menos nunca se aparecieron a los sociatas–, y al mes, o poco más, se había ligado una escritora catedrática, no me pregunten de qué porque a esas alturas ya me daba vueltas la cabeza. Total, que vivieron felices y comieron perdices, cada una en su casa pero a menudo las dos juntas en un chalecito que tenía la escritora en Benicàssim –ahí me desperté, porque yo tengo un apartamento en Benicàssim; es donde más feliz fue mi mujer, pobrecilla, en una urbanización que le dicen Las Playetas–. Toda felicidad es efímera, como ya sabrán ustedes si han cumplido los años necesarios, y así, un buen día, la catedrática se fue a dictar un curso dejando en el chalet a la socióloga, por entonces reponiéndose de no entendí bien qué, si de una liposucción, una depresión o una descomposición, pero con las fuerzas suficientes para sacar de la cochera el *buga* de la otra, meter dentro su Ferrari y desde ahí proceder como el francés, aunque con diferente coreografía, porque no sólo no se despelotó sino que hasta se puso un abrigo de piel, en vez de cava gabacho se despachó a morro una botella de Smirnoff, y lejos de oír cantantes malditos se descolgó con lo mejor de Porrinas de Badajoz –la sangre, ya se sabe; siempre regresamos a los orígenes–. Cuando volvió la catedrática fue para darse con un aroma que ríanse ustedes de los perfumes de Myrurgia, y con un testamento expedido en una notaría de Castellón. La otra le legaba todos sus bienes, el Ferrari a la cabeza. La catedrática se limitó a caparlo –ahora les diré qué significa eso–, a dar alguna vuelta con él llorando a lágrima viva y a ponerlo en venta por lo que le quisieran dar, aunque con el mandato de sacarlo de su vida cuanto antes, mejor hoy que mañana.

–Ya ve, don Enrique, un coche maldito. Por eso es tan chollo. ¿Que qué significa eso de caparlo? Mejor vamos a verlo y allí se lo explico.

–Usted es el experto –me dijo don Enrique. Eso iba por mí.

–Bien, pues le bastará con escucharlo.

Efectivamente, bastaba con escucharle. Lo paré nada más oírlo, no fuese a reventar, pero el vendedor dijo que no pasaba nada, que así lo había llevado la catedrática todos esos meses y por mal que sonase andaba la mar de bien. Levanté el capó, con dificultad, porque los flejes exteriores estaban oxidados, y al asomarme al vano del motor casi se me saltan las lágrimas. Qué carnicería. El precioso 12 cilindros Testa Rossa, que los llamaban así porque la tapa de balancines era también de color fuego, lucía como si algún pederasta de la mecánica lo hubiese violado en un muladar. La bancada derecha, deshabilitada. Los tres Weber doble cuerpo, desmontados. Las seis trompetas de los tres supervivientes, sucias como el palo de un gallinero. Las bujías de la bancada retirada, vaya usted a saber. En su lugar, seis orificios horrorosos excretando gases de aceite requemado. Qué horror, ¡oh dioses de la mecánica!, qué horror.

–¿Esto era lo de «caparlo»? –El vendedor, avergonzado, asintió–. Pues, permítame que se lo diga, en mis cincuenta años de andar entre motores jamás he visto nada parecido. Al que hizo esta barbaridad deberían colgarlo de las pelotas.

–Eso pensamos aquí, pero la catedrática es inflexible. Que ni se nos ocurra repararlo. No mientras sea suyo. El que lo compre, que haga lo que quiera, pero el coche se vende como está. Menos mal que no tiró los carburadores, ni el resto de las piezas. Todo está en el maletero.

Ahí el vendedor y don Enrique comenzaron a chalanear. Yo, a lo mío. Ya me iba oliendo que aquella ex maravilla no tardaría en dormir cinco metros por debajo de mi cama, de modo que me tiré mis buenos diez minutos en darle un recorrido. Estaba fatal. De todo. El bastidor, corrosión por todas partes. Las suspensiones, para tirarlas. Los frenos, hasta el fondo del pedal. La dirección, con tanta holgura que ni se sabía para dónde iba el volante. Lo peor, aún así, el motor. Al minuto de girar ya soltaba un denso humo blanco, chivato definitivo de que allí se quemaba más aceite que gasolina. Quise mirar el nivel con la varilla de control, pero no había varilla. Otro agujero de donde brotaban burbujas incandescentes. Me las apañé con la de un coche cercano

–nadie me hacía caso–, y comprobé lo que ya me figuraba, que debían quedar dos gotas. Por lo demás, las luces no funcionaban, el asiento derecho tenía un desgarrón como de zarpazo de tigre, los instrumentos estaban medio desprendidos, del hueco de la radio asomaba una maraña de cables y a saber dónde andarían los espejos retrovisores. Con la rueda de repuesto, era de suponer, porque tampoco aparecía. En fin: pobrecito coche, pero no podía estar más cochambroso.

–¿Cómo lo ve? ¿De veras que para tirarlo? ¿Que ni para chatarra? Hombre, pero si es un Ferrari. Ya. Que ni por esas. Bueno, pero no deja de ser un Ferrari. Vamos a ver, Benjamín, le propongo un trato: usted lo arregla y yo le doy la mitad de lo que saque, cuando lo venda. ¿Qué le parece?

–Mire, don Enrique: sólo en piezas, aquí hay para millones si recurrimos a las originales, o para uno largo –el euro es demasiado para mí; moriré pensando en pesetas– si las hago rehacer por alguien que sepas. Luego, todo lo que le falta, y algunas cosas han de ser originales a la fuerza. Si lo pone todo junto... pues un huevo, qué quiere que le diga. Si lo quiere pagar, allá usted. Luego, mi trabajo. Lo de ir a medias cuando usted lo venda no me acaba de convencer. Tengo muchos años, don Enrique. Ahora, si lo ponemos a nombre de los dos, y usted corre con las piezas, no me importa pagar mi parte con mi trabajo.

Así lo hicimos. El contrato, que firmamos allí mismo, aunque tras bajar el precio a la mitad –tenían que haber oído las barbaridades que dije–, se celebró entre la catedrática, representada por el vendedor, don Enrique y Benjamín Cangilones Paternoster, servidor de Dios y ustedes. No nos llevamos el coche. Antes, además de asegurarlo, hacía falta una cura de urgencia, comenzando por añadir aceite y siguiendo por taponar los orificios. Tras eso, y una vez rellenados el radiador y el depósito de líquido de frenos, lo pusimos en marcha y arrumbamos a la nave. Curiosamente, no andaba mal del todo. La bancada viva enviaba suficiente par motor para conseguir que se moviera con un mínimo decoro. El bobo de don Enrique pretendía llevárselo a dar una vuelta. Soñaba con exhibirlo en Los Molinos aquel fin de semana. Me costó disuadirle, y eso que no le dije la verdad, que había para meses antes de que nadie lo pudiera conducir. Me limité a un impreciso «semanas». Bien sabía yo cuánta faena tenía por delante, pero mejor callar, mejor no provocar histerias. Yo no quería lucirme delante de ningún jovencito equívoco que luego me robara el coche, se cagara dentro y lo arrojase por un precipicio. Yo quería dejarlo como nuevo. De golpe, y sin saber por qué, aquel Ferrari devastado se había convertido en el sentido de mi vejez. Debía ser que sin saberlo, y al igual que aquellos desdichados que me precedieron, me había enamorado de aquella bestia infernal.

Lo primero que hice, como buen militar que al fin y al cabo he sido, fue trazar un plan operativo. Reconstruir un coche no es asunto de tirar para adelante y resolver los líos según vayan aflorando. Nada de eso. Lo primero, antes que ninguna otra cosa, es necesario hacerse con toda la información posible, fundamentalmente la técnica pero sin desdeñar ninguna otra. El Ferrari, o lo que quedaba de él, nos llegaba en pelota picada, de modo que debería recurrir a otras fuentes. Cualquiera pensaría que lo mejor sería llamar a la propia Ferrari, pero no hay Ferrari en nuestro país, y ni aunque la hubiera. ¿Para qué iban a conservar documentación de un modelo tan antiguo? No, tampoco. La solución era más sencilla: la internet. A estas alturas ustedes pensarán, hagan el favor de ser sinceros y reconocerlo, que servidor no es más que un pobre cateto achusquerado con la cabeza llena de serrín y poco más, ¿a que sí? No les faltaría razón, pero de algunas cosas sí entiendo. De internet, por ejemplo. Deben saber, antes de dictar sentencia, que tengo hecho el curso de ordenatas, y con una calificación bastante buena. No es ningún mérito, que los aprovisionamientos de repuestos hace mucho que se tramitan por vía informatizada. Si sé de internet es por eso, no porque me pirre por los maquinillos informáticos. Para empezar, ni tenía ordenata por entonces –ahora sí tengo; ya imaginarán que no he alumbrado esta parida con bolígrafo–, pero sabía dónde los había, y cómo usarlos: mi entrañable Grupo de Automóviles del Cuartel General. Me hice una lista del mínimo que necesitaba y me planté allí, como el que sólo quiere dar una vuelta y tomarse unas cañas con los amigoides. A su debido tiempo, y cuando me dejaron tranquilo, me senté frente a mi viejo Dell, que aún no lo habían sustituido, y comencé a indagar.

A la noche me daba vueltas la cabeza. Miraba el coche como el que mira un fantasma, sin apenas atreverme a respirar. A beber, sí, claro. La ocasión lo merecía. Verán:

El *Ferrari 250 GTO* de 1962 es un coche de carreras. Punto. No es que haya versión *de calle*, o *civilizada*. Nada de eso. Los treinta y nueve que se fabricaron eran verdaderas malas bestias: tres Tours de Francia y las 24 Horas de Le Mans de 1962, amén de muchas otras carreras menores. Ahora, no todos los treinta y nueve se vendieron a escuderías, porque no había tantas. La mayoría, en realidad, fueron a parar a clientes privados. Algunos los hicieron correr, otros los usaron como turismos deportivos sin que valieran para eso y más de uno lo compró para especular, en una forma de inversión para minorías muy minoritarias, como hizo el estraperlista del que nos habló el vendedor. Tenía sentido, porque sólo valía dieciocho mil dólares de 1962, un dinero nada exagerado para ese tiempo y ese mercado. Bien es verdad que lo entregaban desnudo, pero invertir dieciocho mil dólares en hacerse con uno debió ser un buen negocio, porque a finales del 97 se subastó un ejemplar excelentemente reconstruido –estaba como nuevo– por nada menos que quince millones de dólares. Según lo que pude consultar, el GTO del 62 fue la mejor bestia deportiva que haya parido la Ferrari en toda su historia, y de ahí su cotización. Mi horror, también, al enterarme de que se sabía dónde andaban treinta y siete de los fabricados. El que hacía treinta y ocho se perdió en un incendio. Del treinta y nueve, número de chasis 539/61-021, no se había vuelto a saber desde finales de los setenta. El mismo 539/61-021 que a duras penas podía leer en uno de los travesaños del vano motor de aquel, cada minuto que pasaba, más interesante saco de mierda.

Todo en el GTO era raro, empezando por su nombre. «250» significa que cada uno de los doce cilindros cubica exactamente un cuarto de litro. «GT» viene de *Gran Turismo*, un grupo de coches deportivos aptos para carreras de resistencia. La «O» viene de *Omologato*, una cachondada de Ferrari. Sucedió que al empezar la temporada de 1962 era necesario haber fabricado cien coches para conseguir la homologación GT. Los que no llegaban se clasificaban como prototipos, y corrían en unas condiciones muy penalizadas. La Ferrari alegó que el GTO, por entonces denominado 250 GT Berlinetta, era una simple renovación comercial del 250 GT SWB de cuatro años antes, del que se habían fabricado ciento y la madre. Vamos, que cuatro pegatinas y sin parachoques. Pues no. Era un coche totalmente diferente, y mucho mejor, pero los comisarios, ante la evidente amenaza de quedarse sin Ferraris oficiales en las carreras de aquel año, terminaron, qué remedio, por tragar. Así pasó. El 250 GTO era un prototipo con todas las de la ley, mucho más eficaz que cualquier otro GT, y en los tres años que Ferrari lo hizo correr demostró ser imbatible para los GT y para casi todos los *protos*, pero eso a mí me daba igual. Lo que me importaba era la información técnica, lo que necesitaba conocer para devolver a la vida el herrumbroso espectro. Qué coche, óiganme, qué Pedazo de Coche: chasis multitubular, carrocería de aluminio, 878 kilos en canal para 4,20 de longitud y 1,75 de anchura, motor Testa Rossa V12 de tres litros, 300 caballos a 7.500 vueltas, caja Porsche de cinco velocidades, eje rígido, cuatro discos Dunlop, suspensión trasera por ballestas semielípticas, amortiguadores telescópicos... diseñado por un tal Giotto Bizzarini que a saber quién coño fue y carrocería construida por Scaglietto, el más afamado especialista en aluminio de por entonces. Para su época, el no-va-más. Para ésta, como un M-3, pero con treinta y muchos años por en medio.

Me preguntaba, y entenderán ustedes por qué, si no estaría mordiendo un bocado excesivo para mis humildes colmillos. Ya les dije que jamás se me ha resistido un coche, ni un camión, y una vez incluso un tanque, pero nunca me las había visto con un coche de carreras. En paralelo, ¿de dónde podría sacar las piezas? No hay desguaces de GTO, y aunque algunas serían relativamente fáciles de reproducir otras, las de fundición, quedarían por completo fuera de mi alcance. Por último, el tiempo. Allí había curro para un año a dedicación completa. Lo del parking podría resolverlo recurriendo a mis colegas jubilados a destiempo, aunque para pagarles necesitaría seguir manteniendo coches –y para tener contento al pajarito, sería de hipócritas ocultarlo–, pero también era verdad que, si me organizaba bien, podría sacar cada día de diez a doce horas. Suficiente para dejar el Ferrari si no como nuevo sí para rodar con suficiente confianza. Otro problema sería don Enrique. A ver cómo contenerle hasta que lo hubiera terminado. A ver, también, cómo conseguir ocultarle que por un hermano de aquél se habían pagado quince millones de dólares. Un dinero que de puro enorme no me cabía en el caletre. Yo, al menos por entonces, sólo pensaba en reconstruir el coche. No quería imaginar más allá.

Lo primero fue convencer a don Enrique de asegurarlo a lo grande. En cuanto cogiera forma y se corrieran las voces, cualquier noche nos daban un disgusto y nos quedábamos sin coche. Alguna precaución había yo ya tomado, no vayan a creer que treinta y tantos años de mili no enseñan nada. Ya desde la primera mañana el coche permanecía oculto bajo una lona protectora, en el rincón más sucio y oscuro de la nave, y por supuesto incapaz de rodar. Fue la primera medida, sacar el distribuidor. Estaba hecho unos zorros, pobrecito. Cómo estaría lo demás, me dije con desánimo. En qué follón me había metido.

Lo segundo, la lista de recambios. Todo aquello que no pudiera reparar o reemplazar por algo que fabricase yo mismo. Mi esperanza eran los desguaces que circundan Madrid. Tenía buena relación con ellos, como buen chusquero de garaje militar que tantos años fui. Estaba seguro de que la mayoría me recibiría bien, y de poder sacar por nada o por muy poco todo lo que pidiera en una primera visita. No en una segunda. Siendo claro que ya no pintaba nada, las muestras de afecto durarían eso, una visita. Para la segunda, vaya usted a paseo, tío petardo. De ahí que me tirase una semana preparando una lista larguísima. Una lista por demás práctica, que uno no es tonto y de sobra sabía que para conseguir repuestos originales deberíamos poner más de lo que algún día llegáramos a sacar. Quizá, cuando lo subastáramos, nos dijeran *Pero qué coño es esto, si parece un mecano*, aunque al menos andaría, y muy bien, y con más seguridad que si fuera un legítimo Ferrari. Lo que perdería en nobleza de sangre lo ganaría en fiabilidad, y el que se lo llevara tendría coche para treinta y tantos años más, si lo supiera cuidar. Pasa lo mismo con los trasplantes. Lo que cuenta es respirar. ¿A usted qué más le daría ir por ahí con el hígado de un pederasta, los pulmones de un etarra, el bazo de un maricón, el corazón de un torero y los cojones de un chusquero, vamos a ver? Lo que importa es seguir vivo, ¿no? Pues eso.

El radiador, para empezar, no tenía solución. Las medidas se aproximaban a las del A4, de modo que todo era encontrar un siniestro total que no se la hubiera dado de morro. En cuanto a los amortiguadores, me habría gustado calzarle unos Bilstein de gas, pero los Koni graduables de muchos BMW también valdrían, y si algo abunda en los desguaces son BMW con leches absolutas. Por el lado del Bendix, me valdría cualquiera no muy grande. Alguno de Mercedes Clase C. Alternador, ya que la dinamo del Ferrari no valía para nada, el de algún A100, que venían a ser de la misma medida; ya fabricaría yo las bridas. Bombas de gasolina, dos, las de algún Golf. Bomba de agua, ójala encontrara la de un Volvo pequeño, los que la DAF fabricaba en Holanda. Discos, dando por supuesto que los venerables Dunlop debían tener hasta ladillas, me valdría cualquiera de la misma medida. Los que más se aproximaban eran los del A6 de cuatro cilindros, que también montan llantas de quince pulgadas. Bomba de frenos, también la del A6, que no era muy grande. Con eso terminaba la primera de las listas importantes. En cuanto al cambio, y al grupo, en tanto no los desmontara no sabría si podrían servir. Igual pasaba con los Weber. Aquellos *doble cuerpo* estaban hechos para ese coche y sólo para ese coche. Mientras no estuvieran excesivamente deformados los podría dejar como nuevos, pero si hubiera que cambiar alguno sería un problema. Lo gordo vendría cuando abriera el motor. No esperaba problemas de culata, y en cuanto a las válvulas podría valer cualquiera de buena calidad, pero el horror sería si hubiera que cambiar camisas y mandrinar el bloque, porque no quedaban tolerancias. Ese V12 era la evolución final del diseño del ingeniero Columbus, y no había un milímetro libre de cilindro a cilindro. Dios quisiera que aquellos nubarrones de humo blanco fueran un problema de segmentos, que por supuesto debería renovar. La penúltima preocupación eran los bajos del motor, las bancadas del cigüeñal. Mientras no debiera cambiar rodamientos, y esperaba que así fuese, todo iría bien. La última, el embrague. Al tacto no me había parecido en mal estado. El coche, después de todo, no había rodado mucho, y jamás en carrera. Un embrague diseñado para ganar en Le Mans bien puede soportar las estupideces de todos los cabestros que hubieran conducido aquel sufrido 539/61-021.

La lista de piezas a reconstruir con material de buena calidad –acero militar, ya lo habrán imaginado– era menos crítica. En otras palabras, si olvidase algo ya lo añadiría después, que había confianza y, en tanto no acabaran de jubilar al último de los conocidos, podría sacarle jugo a los tornos y a las fresas. La suspensión delantera y los semiejes de la dirección, lo primero. Todo sería nuevo, y probablemente mejor que las piezas originales. Los ejes longitudinales de la transmisión. Los anillos de sincronización de la caja de cambios. El primario y el secundario con todos sus engranajes, de no haber más remedio. Los discos del embrague, de hacer falta y no encontrar alguno usado capaz de soportar el acongojante par de aquel monstruoso V12. La timonería del cambio, los circuitos hidráulicos, los *silent-blocks* y los tubos del escape. Los dos enormes silenciosos podrían ser un problema, pero al menos el de la bancada izquierda sonaba decorosamente. Quizá sirvieran, como los colectores del escape, que a simple vista parecían en buen estado. Luego, correas, manguitos, empujadores y balancines. Eso hasta llegar a los cilindros. No tendría problemas en fabricarme los segmentos –anda que no llevo yo segmentos a la espalda–, pero Dios quisiera, lo repito, que no hubiera que cambiar camisas. Debería fabricarme dos juntas de culata, pero eso no es difícil. Sólo pesado. También, casi seguro, habría de cambiar la cadena de la distribución, pero muy raro sería que no me sirviera una militar. Por último, y de veras complicado –no veía claro cómo meterle mano–, las ballestas. No por no saber construirlas ni porque me faltase material. Sin conocer las especificaciones dinámicas debería proceder por tanteo, cosa siempre peligrosa y la mar de lenta, pero ésos eran los bueyes y con ellos tendría yo que arar. Bien, pues una vez ahí lo cierto era que sólo faltaba una cosa: empezar.

Fue, permítanme que se lo diga, un año apasionante. Al menos, el que más corto se me ha hecho de todos mis cincuenta y muchos. No teman, que no pienso aburrirles contándoles qué hice, ni cómo lo hice. Supongo que bastará con decir que a los once meses había terminado todo lo que no se ve de un coche y bastante de lo que se ve. La única molestia, y creciente, progresiva, era don Enrique. Al principio por su infantil deseo de sacarlo por ahí, a presumir. Luego, porque alguna de sus contadas neuronas debió apercibirse de que aquel Ferrari no era exactamente lo que había pensado él. Cuando menos, llevaba camino de ser otra cosa. Lo imaginé dos meses antes de acabar con la mecánica, cuando andaba en lo peor de la batalla con las ballestas. Una tarde sofocante, siniestra, ésas de tormenta inminente, cuando Madrid se pone oscuro cual boca de lobo, coño de mona o sobaco de grillo, elijan ustedes la metáfora más poética, se me presenta con un manús de los de pulseras de oro y palillo remordido asomando entre los piños. Que mire, Benjamín, este señor está interesado en el coche. Así, como está, no como acabe por estar. Se lo llevaría tal cual, en un remolque. Yo... pues qué quiere que le diga, entre que sabe Dios cuándo lo podré usar, lo incómodo que resultará –estaba mosqueado por mi tajante oposición a montarle un climatizador; ¿dónde coño se ha visto un coche de carreras con aire acondicionado?– y que sería un dinerillo de cierta consideración... pues me gustaría que oyera usted lo que plantea el señor. Lo escuché, cómo no. En el foso, bajo el coche, comprobando con un flexiómetro la deriva del eje trasero, como para decir que no quiero saber nada. Cinco kilos –también se había quedado en las pelas, por lo visto–. Para cada uno, aclaró poco después ante mi silencio inescrutable. Bueno, y un poquito más para usted, por la paliza que se ha dado. Ahí fue donde pensé que convenía contestar.

–¿Kilos de dólares, dice usted? Ah, no, ¿eh? ¿Pesetiñas, de las de aquí? Pues le conviene preguntar por ahí, o mirar en internet, y enterarse de a cuánto va el kilo de GTO del 62, reconstruido hasta el último remache y marchando como un reloj. Ahora me perdonará, pero tengo mucho lío aquí abajo.

Se fueron, sin siquiera despedirse. A la noche volvió don Enrique, muy serio. Benjamín, esto no me lo haga usted jamás. Ese señor es un caballero, y no se puede tratar así a un hombre que viene de cara y con una oferta razonable. Cara es lo que le sobra, don Enrique. Este coche, ahora, tal y como está, vale de cien kilos en adelante, y me parece que usted lo sabe. No tanto, no tanto, pero algo sí sé, y no porque me lo haya dicho usted, que parece mentira, con la confianza que nos teníamos. Confianza por confianza, usted tampoco me ha dicho a mí nada. Sí, pero no es lo mismo. Aquí, el que sabe de coches es usted. De arreglarlos, no de venderlos, pero a eso se aprende –ahí se puso un poquito colorado–. Hablando de vender, don Enrique, y dado que somos copropietarios de algo que puede valer una pasta, sería bueno que formalizáramos nuestro contrato un poquito más, ¿no le parece? Ya sabe, llevarlo a registrar, y todo eso. Ya. Que no le parece buena idea. Que para qué pagar impuestos. Sí, es verdad, tiene usted razón. Pues como tres meses. Para la mecánica, se entiende. La chapa, pintarlo, rehacer el interior... pues otros tres más. Sí, eso nos hace mucha falta. Paciencia, y no vea usted cuánta.

Al día siguiente, aleccionado por el coronel, llevé el contrato a una notaría, que al poco dio traslado a las partes de que iniciaba los trámites para elevarlo a público. También, que en virtud de los artículos no-sé-cuál y no-sé-cuántos de no sé qué puñetera ley, daba traslado a la Jefatura Central de Tráfico para que en ningún caso el automóvil objeto del contrato se pudiera transferir sin mediar la presencia del compareciente, debidamente identificado, en la tal Jefatura Central, no valiendo la mera exhibición del permiso de circulación firmado ante una entidad bancaria fedataria. También, y por último, que dado el posible conflicto de intereses entre las partes, y tras recomendar la búsqueda de un acuerdo amistoso entre las mismas, si en un plazo razonable no se le comunicaba dicho acuerdo reclamaría en nombre del compareciente la cautela judicial del bien objeto de posible litigio.

Tardé meses en volver a ver a don Enrique. Algún apaño debí joderle, porque lo natural es hablar y entenderse una vez el otro demuestra que no es tonto y sabrá defenderse. No hacerlo, y poner el asunto en manos de un abogado retorcido, es cantar que, descubierto el engaño, por las malas y hasta el final. Así llegamos al juzgado, él con su abogado y yo con mi hombre bueno, el coronel. El juez, mayor y con muchos kilómetros, nos instó al acuerdo, si no a la venta entre nosotros, a venderlo a terceros o, por último, subastarlo. En el entretanto decretaba la cautela y, dado que el vehículo no estaba en condiciones de circular, la confiaba al hombre bueno, en cuyo garaje permanecería el automóvil mientras no se levantara dicha cautela. El abogado, en ese punto, intentó conseguir que se paralizara la restauración, a lo que el juez contestó «Pero hombre, ¿no se da cuenta de que así jamás llegarán a ningún sitio?; acaben ustedes de restaurarlo y entonces véndanlo, y aquí paz y después gloria; hala, hala, aquí ya no hay más que hablar; si está en desacuerdo ya conoce los procedimientos, así que circulen, que se les ha terminado el tiempo».

Una victoria, pero no me hacía ilusiones. La guerra proseguiría, y sería muy amarga. No porque don Enrique pudiera seguir pensando en engañarme, sino porque yo, en el fondo de mi alma, no quería vender el coche. Me daban igual los millones de dólares. Lo que yo quería era quedármelo. Para mí, pero eso, claro está, no podía decírselo ni al coronel. Sólo al Ferrari.

Mes y pico después la mecánica estaba lista, o al menos hasta donde se podía saber sin sacar el coche a rodar. Hasta entonces reposaba sobre borriquetas, en parte porque así era más fácil trabajar y en parte por evitar que alguien se lo llevara sin poderlo yo impedir. Nunca lo movía, pues el foso era muy largo, de autobuses, de modo que había espacio para trabajar en hasta tres coches. Llegaba el momento de rodar, aunque antes hacía falta que tuviera con qué. Las preciosas llantas de radios estaban en malas condiciones. Dos de ellas presentaban bordillazos considerables, más allá de donde sería juicioso reparar, y las cuatro, en general, mostraban un desequilibrado de años, de haber permanecido mucho tiempo sin rodar, de modo que los radios habían cogido forma. Lo natural habría sido comprar cuatro nuevas, pero sucede que la industria de la llanta de radios desapareció hace tiempo. Existieron no por bonitas, que a mi juicio lo eran mucho más que las modernas de aleación, sino por ser en su tiempo la única respuesta viable a la necesidad de reducir el peso no suspendido. Debo aquí decir que ni por el forro consideré plantarle llantas modernas, de aleación. Habría sido cargarse no ya la estética, sino el espíritu del coche. Una cosa es montar un alternador de 1998 en vez de una dinamo de 1961, que al fin y al cabo desde fuera no se ven, y otra perpetrar un anacronismo tan garrafal. Total, que armándome de paciencia tiré por hacer unas nuevas. Ocho, en total. Cuatro para rodar, la de repuesto y tres de respeto, como decimos los militares sin que nadie sepa por qué lo decimos. Partí de ocho llantas de A100, de buena chapa de acero alemán y, por supuesto, conseguidas en desguaces. A fuerza de soplete les retiré los discos interiores, y ahí ya comenzó la verdadera obra de arte: construir, vía torno y fresa, ocho piezas de acople a los bujes, de donde saldrían los radios, unos atornillados y otros soldados, que las fijarían a las llantas. Fue lo más difícil de toda la obra, porque no soy un especialista del torno; fue, también, lo único donde me hice ayudar, precisamente para eso, para tornear. Todo acaba, seguro que ustedes también lo saben, y así un buen día me junté con 384 radios de acero –más unos 40 de *por si acaso*–, las ocho piezas de acople y las ocho llantas ex Audi. Desde ahí, paciencia, taladro, atornillar y soldar. Una labor de chinos, se lo juro, pero me impulsaba una especie de fiebre. La de saber que tras aquello sólo quedaba rodar.

Una medianoche de domingo, sudando como un cochino, al fin me vi frente a un Ferrari GTO modelo 1962 que reposaba sobre sus cuatro ruedas, por supuesto equilibradas –los neumáticos, como todo, de requisa: cinco excelentes Continental 195 × 65-15, los mismos que montan los A6 de cuatro cilindros; los míos venían de un siniestro total de costado, el coche doblado como un cuatro contra una farola, el conductor derecho al otro mundo, pero los neumáticos indemnes con apenas mil kilómetros–. Apenas lo podía creer. Qué bonito era, y perdónenme la cursilada. Eso que la pintura era la de siempre, o incluso peor, que algún rayón se había llevado en las muchas horas de reconstruirle las tripas; era lo de menos, porque nada es más fácil de reparar, pero eso quería dejarlo para el final, y siempre y cuando fuese un final que me conviniese.

Además de reconstruir la mecánica le había comprado unos ojos nuevos. El revestimiento exterior era el original, pero dentro había unas parábolas de xenón último alarido, de un Volvo S-60 enculado por un autobús. El resto de las luces también estaba puesto al día, que no era cosa de parar en un semáforo y que alguien se me tragara por no haber visto las diminutas luces de freno de un coche de carreras de los divinos sesentas. En el habitáculo no había trabajado mucho. Apenas un buen ajuste de pedales, reglar la palanca del cambio, tensar el freno de mano, poner en su sitio los instrumentos y darle una limpieza general, aunque sin exagerar. Eso llegaría después. También había instalado unas cuantas protecciones, que con un coche como ése, y un copropietario como don Enrique, ninguna precaución estorbaba. La primera era inmediata para cualquier mecánico avispado: un cortacorrientes de interruptor manual situado bajo el asiento. Funcionaba, por supuesto, pero nadie tardaría un minuto en encontrarlo. Por eso era como era, para que lo encontrasen. Después había instalado el antirrobo de un 528 del 87, con botón de arranque y su propio inmovilizador. Una virguería, perdonen la inmodestia, porque había veinticinco años entre las dos tecnologías, pero funcionaba. Cuando menos en lo crucial, no poder arrancar sin conocer la clave del encendido. Por último, algo que sólo un militar reconocería, y de nuevo disculpen el alarde. El Ferrari no tenía un mando de arranque y antirrobo, como los coches normales. El contacto se cerraba introduciendo la llave en una cerradura de dos posiciones, *on* y *off*. El Bendix actuaba por medio del pulsador del antirrobo, aunque sólo funcionaba si la llave estaba puesta y en posición *on*. Hasta aquí, todo normal. Nadie imaginaría que tras el bombín se agazapaba un interruptor piezoeléctrico. En *off*, nada. En *on* todo parecería funcionar con normalidad, pero al cabo de media hora, o por ahí, el interruptor alcanzaría tal temperatura que se fundiría, desconectando el encendido y dejando a los ocupantes más tirados que una colilla. La forma de evitarlo era meter la llave, girar a *on*, arrancar y sacarla sin pasar por *off*, algo en teoría imposible porque la llave no se dejaría sacar, pero si al tiempo de hacerlo se presionaba el anillo embellecedor de la misma cerradura sí que se podía. Todo esto, por supuesto, no valdría para nada si el hipotético ladrón se presentara con un camión, cargara en él mi pobre Ferrari –cosa bien fácil, porque no era más largo que un Toledo– y se largara con él, pero el caso era poner las cosas tan difíciles como se pudiera.

Me duché y me vestí con más esmero del habitual. Era como... ¿alguna vez han ligado, llega la primera cena y se afanan en ponerse guapos? Pues lo que a mí me pasaba era por el estilo.

Lo llevé, a mano, hasta la puerta. Lo saqué, cerré con cuidado la puerta del garaje y me senté al volante. Tardé unos minutos en encender el motor. En parte revisando que todo estaba en orden y en parte saboreando un momento muy soñado. Una duda, también: la de pensar que igual el sueño no valía la pena, pero eso lo sabría enseguida. Empuñé la llave, la metí en la cerradura, giré a *on*, respiré a fondo y pulsé, con algún miedo, el botón de arranque.

Qué bramido, oigan. Ya lo había escuchado en el taller, y muchas veces, pero jamás al aire libre, sobre las cuatro ruedas, las luces encendidas, listo para poner primera y echar a rodar. Qué sonido, qué música la que cantaban las doce trompetas y la que brotaba de los cuatro escapes rabiosos. Ahí fue donde comencé a sentir una rara sensación de bienestar, aunque sin darle importancia. Sería el alivio de ver que todo parecía ir bien.

La primera vuelta a la manzana, muy despacio, en primera. Una primera que a ocho mil quinientas vueltas haría 140, hagan el favor de no pensar en sus utilitarios, que mi GTO era de carreras, aunque ya no hubiese carreras para él. La segunda vuelta. La tercera, ya en segunda. Seis o siete más, la última en tercera, casi al ralentí. Una de las primeras cosas que tendría que aprender: saber llevar el monstruo. Nada que ver con mi Corsa de trescientos mil kilómetros, ex EA-4150-3. En un GTO apenas hay par por debajo de cuatro mil vueltas. Llevarlo a punta de gas es arriesgarse a calarlo cada dos por tres, y no era de los que arrancan bien una vez calientes. Era una razón para probarlo de noche. Otra, más importante, que nadie lo viera. Que nadie me viera.

Al cabo de un rato decidí que no sería demasiado arriesgado alejarme un poquito, hasta la plaza de Castilla para volver por Bravo Murillo. Una vez en Cuatro Caminos, ¿por qué no tirar hacia la Ciudad Universitaria? Frente a la Escuela de Agrónomos dejé de hacerme preguntas idiotas: el destino del coche había sido presumir por Los Molinos, ¿no? Pues yo, a fardar por Majadahonda.

¿Conocen ustedes Madrid? ¿Recuerdan la Cuesta de las Perdices, que ahora se llama no-sé-qué de un tal Padre Huidobro, a saber quién diablos fue? ¿Sí? Bueno, pues si alguna vez han ido por ahí con el poco tráfico de un domingo de madrugada, y si tienen un buen coche, nada más empezar la subida seguro que han pisado a fondo, para coronar a 150, o 160, y decirse *todo va bien, sigue andando como un tiro*, ¿verdad? Pues imagínense que coronan a 250 y el coche pidiendo más, entre un rugido de doce cilindros absolutamente salvajes y pese al miedo de recordar que uno jamás se ha puesto a más de 160. Qué quieren que les diga. No es para describirlo, que me consta no lo hago bien, no logro transmitirlo que se siente. Lo que se vive.

Me fue imposible, ya lo habrán imaginado, dar la vuelta en Majadahonda. Lo hice más allá de Arévalo, quizá por el horror de ver la aguja del aforador llegar cerca del rojo cuando había salido del taller a medio depósito. La tecnología de los sesenta, es lo que tiene, y más si se trata de un coche de carreras. Aquella bestia gastaba como un Leopard-2, pero también era verdad que no siempre lo llevaría como aquella noche, que aún quedaba mucho por afinar y que podría empobrecer la mezcla, pues tampoco necesitaba todo el tiempo los trescientos caballos.

Frente a la nave tardé un poquito en bajar, mintiéndome al decirme que lo hacía para cebar los carburadores y hacer fácil arrancar al día siguiente. Me apetecía un pitillo. Qué mal síntoma, porque había dejado de fumar tras ver a mi mujer asfixiarse con su metástasis de pulmón. Todo ese tiempo sin jamás sentir el deseo de recaer. Pues ahora me apetecía, y no un apestoso Ducados de los que fumaba cuando lo dejé, sino el Chester de cuando era un cabito primero, siempre con el pajarito tieso y más deseoso de meterlo en adobo que de comer. Aún peor síntoma, lo excepcionalmente bien que me sentía. Tengo buena salud, pero aquella noche, y entonces no entendía la razón, era como si hubiese vuelto a ser el cabo de galones verdes que se ocupaba de los Willies y los REO del CRIM, el del Pinar de Antequera, que a eso de las cinco se duchaba, se arreglaba, se ponía de persona y cogía el autobús de Valladolid para ver de levantar alguna marmotilla en el Blanco y Negro, el tuguriejo del paseo de Zorrilla que a la caída de la tarde se ponía hecho un asco, de tanto recluta de Aviación que iba por allí a lo mismo.

Aún tardé dos meses en dejarlo listo para repintar y ya está, que nos digan dónde viven los que pagan quince millones de dólares. Dos meses difíciles de describir. En primer lugar, era poco el trabajo que quedaba. En el plano mecánico, quiero decir. Ajustar, calibrar, regular, reglar, pero nada, en general, que requiriese tirarse al suelo. En el social... pues sí, algo más, aunque tampoco demasiado. Cambiar el revestimiento interior del capó y el maletero, retapizar los asientos, montar el radio-CD que don Enrique había traído cuando yo aún andaba liado con las listas, insonorizar el vano del motor, y cosas así. Al cabo de los dos meses, y salvo el pintado exterior, ya estaba como nuevo de todo lo demás, pero eso no era lo que más me importaba. Lo que de veras me tenía en tensión era percibir los muchos cambios que aquel renacido Ferrari GTO había operado en mí.

Al principio fueron las salidas nocturnas con ánimo, si no pretexto, de probar y poner a punto. Lo hacía, desde luego, pero también adoraba pasear por Madrid en la oscuridad de la madrugada, poquísimos coches circulando y el GTO ya dominado, ya domado, tan encantado y feliz como yo de deslizarse metiendo poco ruido, en tercera e incluso cuarta, al mínimo gas, aunque siempre a punto para un doble cambio de carreras y salir de algún semáforo como se salía en Le Mans cuando lo construyeron, para dejar atrás algún coche sospechoso, no por él sino por sus ocupantes, que si bien la mayoría nos miraban con admiración y cierto respeto, los había con caras de querer atravesarse, bloquearte, bajarte a hostias, dejarte malherido y llevarse con ellos aquella inusitada maravilla de la noche.

Luego llegó el invencible, insuperable deseo de ir más allá. Como siempre, con una excusa cuidadosamente desarrollada frente a mí mismo. Se trataba de probarlo en carretera, pero no en un paseo de pocos kilómetros, sino en una cabalgada de verdad, hasta mi apartamento de Benicàssim. Me daba miedo, pues el coche seguía sujeto a cautela judicial, aunque de términos imprecisos, pues no decía que no pudiera rodar con el solo ánimo de acabar la reconstrucción. Así, tras no poco dudar –es lo malo de haber sido militar; siempre hay miedo de quebrantar la Disciplina–, un viernes, tras confiar el mando de la nave a un subteniente jubilado, aparejé rumbo a Benicàssim.

Tampoco lo puedo describir, al menos de un modo que me satisfaga del todo, que me haga pensar que de veras les transmito la verdad. El total de la verdad. No fue, para empezar, una cabalgada furiosa, la del estreno, la de admirarse por primera vez de lo bien que va tu coche. Iba despacio. Ningún civilón me podría poner una multa por exceso de velocidad. Por ir sin parachoques quizá sí, pero es que el GTO es así. Ya tenía preparado el rollo, decir que estaban integrados en la carrocería y pintados en el mismo color, aunque a saber si colaría.

Me temo que les estoy diciendo lo que no fue, sin conseguir explicarles lo que fue. Bien, pues... un estar varias horas fuera de mí mismo. Ya, que no les dice nada. Vamos a ver... miren, como si hubiera dejado de ser yo, el yo de ahora o el de hace meses, los que han pasado desde aquello. Como si hubiera vuelto a ser el de los sesenta, el que considerando de dónde salía se creía poco menos que un James Bond extremeño, a ver si así lo pillan. Ahora sé que no sólo era eso, pero aún resistiéndome a insinuar lo que luego sucedió no me queda más remedio que decirles algo que por entonces no advertía, no percibía, pero que ahora, cuando lo escribo en la terraza del Hotel Voramar, al atardecer de un bonito día de primavera en Benicàssim, el *laptop* sobre la mesa y un dedo de Knockando bien a mano, sí sé, y muy bien, qué sucedía.

Yo había devuelto el coche a los sesenta, y él hacía lo mismo conmigo.

Autosugestión, se dirán con amable condescendencia. Pues bueno. Piensen lo que quieran, que yo bien sé lo que me digo.

Fue un simple ir, cenar, dormir, llevarle una flores a la pobre Adela, que allí me dijo quería esperarme, dar una vuelta nostálgica por las esquinas y los rincones donde, si no felices, no habíamos sido excesivamente desgraciados, dormir otra vez y volver a Madrid, no por la autovía, sino por carreteras secundarias, subiendo casi hasta Cuenca. Di en el clavo. El GTO, en autopista, es un coche muy bueno, tan bueno como cualquiera de los de ahora, sólo que más incómodo. En carretera, todo cambia. Sobre todo, al adelantar. Miren, yo soy un pobre chusquero y apenas sé cómo expresarme, pero aunque supiera no sabría decir qué es ir tras un camión a cuarenta o poco más, ver que hay sitio, hundir el pie y ponerte a 140 en menos de lo que se tarda en escribir 140. ¿Se hacen cargo? Mejor si es así, que no lo sabría explicar mejor.

A la noche, tras haberle rellenado los niveles –gastaba un poco de casi todo, sobre todo aceite, aunque no me importaba–, me quedé un rato en el interior, al volante, oyendo un CD que una vez me regalara un soldado listísimo, el que más de todos los que he tenido, y además lo hice, agárrense ustedes, fumándome un Chester. El primero en qué se yo, la tira de años. Había hecho un pacto conmigo mismo: alguno de vez en cuando y siempre junto al coche, si no dentro. Algo incomprensible sucedía, me daba cuenta, pero es ahí donde los chusqueros tenemos ventajas sobre las personas. Cualquiera de ustedes, pongamos por caso, si les ocurre algo raro en su vida no se quedan tranquilos sin una explicación. Por lo general les vale cualquier cosa, pese a que intuyan que no es por ahí. Les tranquiliza, y eso es lo que cuenta, porque da mucha pereza decirse que la vida de uno está cambiando y no por accidente, ni por causas racionales. Cambia porque algo exterior, a saber si consciente o inconsciente, actúa sesgadamente, de un modo en absoluto evidente, aunque perceptible a poco que pase un poquito de tiempo y se puedan comparar situaciones, vivencias. Estados. A los chusqueros no nos pasa. Tantos y tantos años de *a la orden de usted, mi lo que sea* te producen un gran distanciamiento entre lo que ves y lo que comprendes, de modo que acabas comprendiendo que no tiene sentido comprender. Sólo cuenta obedecer. Por lo general es al Mando, aunque no siempre. A menudo es a la vida. ¿Que se te muere la mujer, que no puede ser más buena, mientras la bruja de la cuñada sigue por ahí, bien sobre sus patas e incordiando a todo el mundo? A la orden de usted, mi naturaleza. ¿Que nunca te ha tocado ni el reintegro, cuando sabes de unos cuantos como tú que lo han plantado todo tras sacarse una primitiva, o tres décimos en el gordo de Navidad, o siete plenos seguidos en un bingo? A la orden de usted, mi ley de probabilidades. ¿Que un viejo Ferrari te haga sentir como con veinticuatro años, rebosando deseos incomprensibles, los que no has tenido nunca o no te has atrevido a tener? A la orden de usted, lo que coño sea. Lo único que se tiene claro, se lo juro, es el deseo de que dure, se mantenga. Que no cese. Volver a los veinticuatro es demasiado bonito, a la par que tenebroso, para preguntarse si no será una gilipollez de chusquero solitario, abandonado. Vencido. No, de ninguna manera. ¿Quién dijo eso de *Hágase el milagro, hágalo el diablo*? No debía ser militar. Demasiado inteligente, diría yo. Bien, pues... a la orden de usted, mi diablo.

Siguió pasando el tiempo. Al Ferrari ya sólo le faltaba un pintado general, de los buenos, al horno, pero seguía sin dar el paso. Una vez dado sería imposible camuflarlo, seguir en la mentira de que aún no estaba terminado. Desde ahí, lo inevitable. Venderlo, y qué remedio, pues jamás podría pagar su parte a don Enrique. Ni de lejos tendría con qué. Un día u otro, lo sabía, se plantaría en el garaje con algún notario y yo tendría que ceder sin oponerme, no se fuesen a liar las cosas. Un día que fue sábado, supongo que para impedir que yo pudiera reaccionar, buscar ayuda, pedir socorro. Se presentaron cuatro: don Enrique, su abogado y dos que dijeron ser notario el uno y agente judicial el otro. No venían de malas, pero sí determinados. En síntesis, el viejo juez se había jubilado y la nueva juez, visto que no se habían producido avances, decretaba el levantamiento de la cautela y la exhibición pública del vehículo, en forma tutelada por su juzgado, de modo que se procediese a la venta en las mejores condiciones para las partes y con acuerdo a los extremos pactados en el contrato. Nada que decir, nada que oponer. Me ofrecí a llevarlo yo, pero el abogado adujo que tanto derecho tenía yo como don Enrique, y a éste, después de todo, le correspondía saber qué tal estaba el coche, pues era tan suyo como mío. Me rendí. Ahí tiene usted las llaves. La clave de arranque, 1108. Subí a mi chiscón y desde ahí presencié la ceremonia, don Enrique al volante y su esbirro junto a él. Arrancaron, y sin problemas, porque no había recordado conectar el cortacorrientes. Lo demás sí estaba conectado. Por un momento sentí ganas de maldecirles, que se quedaran tirados en medio de un adelantamiento y les pasaran seis camiones por encima, pero el Ferrari no tenía ninguna culpa. No, mejor que no les pase nada. Un acelerón, seis o siete tirones, y desaparecieron. Me dolía el alma, se lo juro. Por el coche y por mí. De nuevo, lo sabía, era un viejo.

Qué horrible fin de semana. Peor que cuando se murió mi Adela. Con ella se fue mi compañera de una vida. Con el Ferrari se iba mi recién reconstruida juventud. Mis sueños confusos, mis deseos locos. Todo por el desagüe, como si el mamón de don Enrique hubiera tirado de una cadena situada en la cuarta dimensión y todo yo, enterito, me deslizase por las atarjeas y las bajantes del hiperespacio hasta quedar sepultado en la más infinita de las mierdas.

Más: la dolorosa, lacerante certidumbre de que te han ganado. Te han derrotado. Te la han metido, y sin mantequilla. Te han pisoteado, te han humillado. Te han jodido, vaya. Menos mal que tenía la botella. El consuelo del chusquero. La noche del domingo iba por la tercera, y no de *single malt* precisamente. Anís de la Asturiana, el favorito del cuartel. Aún así no estaba tan mamado como para dormirme. Había salido sobre las doce, a estirar las piernas, pero a las doce y cuarto yacía donde siempre, tirado en el sofá, la tele puesta, mirando el Canal Plus Rojo y esperando que pusieran las dos pornos que sacuden cada domingo, a ver si había suerte y eran españolas, no por el idioma, que para lo que dicen es igual, sino por salir unas tías más jamonas, y más guarras. A mí, pues qué quieren, soy del plan antiguo, y a la hora de ver algo me gusta con muchos pelos, no éstos depilados de hoy en día que no deben saber a nada.

Estaría bien entrada la segunda obra de arte, y por decoro no les digo lo que hacían el héroe y su heroína, pero en esto que se quedan callados –es de mala educación hablar con la boca llena, lo decía incluso padre–, y ahí percibo un ruido tenue, aunque familiar. Demasiado familiar. Me levanté, con dificultad –mis higadillos ya no son lo que fueron–, y me acerqué a la ventana, conteniendo la respiración. Abrí. Me asomé. Ahí estaba. El motor girando al relentí, pero el ralentí de un Ferrari GTO es el escape de un A8 de ministro a siete mil y pico vueltas. Me puse algo, que no era cosa de bajar en calzoncillos, y antes me refresqué un poquito, no fuera que me viese con un don Enrique alterado, si no encabronado, y no supiera qué contestar.

Era él, efectivamente. Sentado al volante, la ventanilla bajada –no saben ustedes cómo es conducir un GTO cuando hace calor; más o menos, una sauna con ruedas–, la cabeza inclinada sobre el pecho y la llave del contacto en la mano derecha. Tajada. O muerto. Le zarandée un poquito, con cuidado porque me iba despejando –un don de los chusqueros–, aunque sólo conseguí que se ladease hacia su derecha. Como buen militar sé dónde hay que tocar si te las ves con un difunto presunto: en la carótida, pero allí no había carótida, ni yugular, ni nada de nada. Don Enrique, todo lo indicaba, estaba más muerto que Cascorro. Me aparté unos pasos y comencé a cavilar. No pensar, que ésas son funciones superiores y no las padecemos los chusqueros. Cavilar es un concepto más realista. No sé cuánto tiempo estuve así, pero cuando volví a moverme tenía claro que, lo primero de todo, debía volver a poner la llave, que nadie sospechara de mis trampas.

Dicho y hecho, aunque con alguna dificultad, porque aquel brazo derecho no parecía de muerto reciente. Mas bien de cadáver veterano, y sé lo que me digo pues he tratado con alguno. Ahí vi la primera lucecita roja. Si don Enrique llevaba unas horas por el camino que conduce al reino mineral, ¿a cuál habría llegado? ¿Por qué no me había dado cuenta? Porque tan borracho no estaba... y el piezoléctrico. Si hubiera llegado a las doce y media, pongamos por caso, y acto seguido la hubiera espichado, tras sacar la llave... ya. La llave. La había sacado. Eso lo explicaba, claro. La había sacado y el motor seguía funcionando. Un susto que te cagas. Que te cagas, sí, pero no que te mueres. O igual sí. De algo habría debido espicharla. Igual llevaba una puñalada y no se le veía. Borré todos aquellos delirios de un manotazo. Benjamín, a lo importante, me dije. Ni puta idea de cuándo llegó, señor guardia. Yo estaba tan tajada que si se me sale un eructo le descojorcio el soplímetro. Viendo la tele, además. ¿El volumen? Pues fuertecillo, que aquí estoy solo y no molesto a nadie. ¿Que por qué me asomé? Pues porque los de la peli se callaron. Ahí fue cuando me llegó el ruido del motor. Me vestí, bajé y me di con la tostada. No, por supuesto que no he tocado nada... bueno, a don Enrique le palpé un poco el pescuezo, por sí sólo era un mareo, pero no tenía pulso. Me aparté, que a mí esto de los muertos un poco de repelús sí que me da, y llamé al 112. El resto, pues nada. Esperar aquí, a que vinieran ustedes.

Se sostenía. Y por qué no ha de sostenerse, me preguntaba. Salvo meter la llave no había hecho absolutamente nada. Pues andando. Volví a mi oficinilla, cogí el teléfono y marqué el 112, como cualquier buen ciudadano. Cuando colgué, comencé a canturrear. Es algo que solemos hacer los jóvenes, y más los de mi tierra: cantar cuando estamos contentos.

La policía municipal, como todas las policías, prefiere complicarse la vida lo menos posible. De no haber estado el muerto sentado al volante igual lo habrían puesto en una camilla, se lo habrían largado al Samur y ahí os quedáis con el marrón, aunque los del Samur de ahora no son como los de antes, ya les han salido espolones, ya tienen el colmillo retorcido, y tenemos mucho lío, aquí no hacemos falta, con vuestro pan os lo comáis y tranquilos, que ya vendrá la juez cuando le salga de sus partes. Tardó, cierto, que ya clareaba cuando se bajaron de un 406 ella, el forense y el mismo agente judicial de dos días antes. Un guiño de los dioses, debió ser, que la juez de guardia fuera la misma que había levantado la cautela. Fotos, mediciones, llamadas por diversos móviles –yo no tengo, ¿saben?; soy un hombre libre– y, por último, preguntas. Todas las que había imaginado y algunas otras que jamás se me habrían ocurrido. En el entretanto, el motor del Ferrari se paraba –con retraso, pero el piezoeléctrico funcionaba– justo al llegar el furgón fúnebre. La juez, que no tenía buena cara –y quién la tiene, a esas horas–, dijo que ya se podía *levantar*, y así se hizo. Don Enrique salió por última vez de aquel Ferrari que tanto había deseado y aterrizó en un ataúd que también tenía muchos kilómetros. Ahí vino el qué hacer con el Ferrari. El secretario decía de conducirlo a un depósito judicial, pero habida cuenta de que no había señales de violencia, la juez, que ya debía estar hasta el moño, me preguntó si podría dejar allí el coche. Ahí aproveché para decirle que sin problemas, y que mejor cuidado que allí no estaría en ningún sitio, pues yo era el otro propietario. Ahí le cambió la mirada. Recordaba, y muy deprisa. Dudó, pero como dudan los jueces, por si meten la pata. Debió salirle que no había peligro. Decretó, eso sí, que no lo sacara para nada, que lo metiese al fondo del taller y esperase su llamada. No necesitaba oír más, y así, con cuidado de tambalearme lo menos posible, levanté el cierre y comencé a empujar el coche hacia el interior. De nuevo en casa, chico.

Lo que vino después... ¿alguna vez les ha pasado que un cartón se dispara él solo, que salen sus números uno detrás de otro y que cantas ¡bingo! cuando no han salido ni cuarenta bolas, sin acabar de creerte lo que has visto? Pues algo por el estilo, pero en judicial. Era como si todo fuese cuesta abajo. Primero, la llamada del secretario, a los dos días. Que se persone, que le quiere ver su señoría. Una señoría que sentada, relajada y descansada parecía otra cosa. Incluso amable. No tenía intención de contarle un cuento chino, porque no los sé contar, así que le conté, de un tirón, toda la historia. Terminé, como no podía ser de otro modo, diciéndole que yo no lo quería vender, que me quería quedar con él, porque a esas alturas de mi vida era lo único que me había hecho sentir que aún estaba vivo. Ella me había escuchado con una sorprendente paciencia, sin apenas interrumpir. De vez en cuando tomaba una nota, y eso era todo lo que hacía. Luego, al acabar yo, se arrancó.

–Don Enrique, como usted le llama, falleció de muerte natural. Un infarto masivo de miocardio. No debió ni darse cuenta. Murió sin testar, sin descendientes directos. Hay un ascendiente, su madre. Una mujer muy mayor, con la cabeza perdida, internada en una residencia de la Comunidad. No se le conoce ningún otro descendiente, ningún colateral. Ya sabe, tíos, hermanos, sobrinos... nada. Eso significa que su heredero será el Estado, y si para entonces no están las cosas arregladas usted se las verá con un abogado del Estado. Sí, gente de cuidado. Estuve casada con uno, de modo que sé lo que digo. Así que, y pensando en el bien de todo el mundo, le propongo lo siguiente: hago tasar el coche por dos peritos de los acreditados en estos juzgados. La media de lo que periten será el valor liquidativo del automóvil. Una mitad ya es suya. La otra será el precio que deberá pagar a la heredera, o a quien diga su defensor judicial, por estar ella incapacitada. Desde ahí el coche será suyo. No sé qué precio fijarán los peritos, se lo advierto. Si les sale un disparate...

pues usted verá, pero en ningún caso le convendría, pienso yo, pleitear con el Estado. Lo normal, en ese caso, sería vender el coche con tutela judicial. Usted recibiría su dinero y todos contentos. No obstante, me inclino a pensar que la tasación no será exagerada. El coche tiene cerca de cuarenta años, y según dice usted lo ha reconstruido a base de desechos, ¿es así? –Asentí–. No creo que a efectos de conseguir una reliquia histórica, de las que valen millones de dólares, haya seguido usted el mejor de los caminos, pero eso ya lo dirán los peritos. ¿Le parece bien? ¿Está de acuerdo?

Lo estaba. Cómo no estarlo. Aquella chiquilla, que sería más pequeña que mi hija, me parecía de fiar. Cuando menos no me proponía cosas de las que hacen desconfiar. Los peritos sí me parecieron dignos de toda desconfianza. Uno tenía pinta de no haber visto un Weber doble cuerpo en toda su vida. El otro... pues por ahí. Sabía de motores, aunque lo suyo era tasar camiones y autobuses; aquél debía ser el primer coche de carreras de su vida.

La juez, todo un detalle, me leyó los informes por teléfono. El primero definía el Ferrari como un montón de basura, pseudorreconstruido del modo más chapucero imaginable. A su juicio, del coche valían, y no mucho, la carrocería y el motor, y sólo para reconstruir otros coches parecidos, que le constaba los había. Su valoración, y tirando un poquito al alza, ocho mil euros. El otro era peor. La supuesta reconstrucción sólo podía ser obra de un manazas. Dudaba que aquel trasto superase la ITV. Pagar por él más de cinco mil euros sería, más que una extravagancia, una insensatez. No digo que fueran unas tasaciones con las que yo estuviera de acuerdo, pero no era cosa de protestar, y menos oyendo reír a la juez al otro lado del teléfono.

–Siendo el valor medio peritado seis mil quinientos euros, si quiere seguir adelante deberá desembolsar tres mil doscientos cincuenta. ¿Qué tal? –No soy millonario, pero en la cartilla tengo eso y mucho más; ni lo dudé–. Pues muy bien. Se viene usted por aquí, con un talón conformado, y lo despachamos en un minuto. ¿Que cuándo? Pues mañana mismo, a eso de la una. Pregunte por el secretario, que ya le conoce. No, no creo que yo pueda estar. Bien, señor Cangilones. Le deseo la mejor de las suertes, de verdad se lo digo. Disfrute usted de su Ferrari. Ah, no guarde rencor a los peritos. Son muy majos, se lo aseguro. Dos expertos de toda mi confianza. Nada, por Dios. Que lo pase usted muy bien. Adiós...

Fíjense si seré chusquero que tardé semanas en comprender, y sólo una vez me lo explicara el coronel, que aquella buena mujer me había hecho el favor de mi vida. Los peritos, estaba claro, sabían qué tenían que decir. Una sorpresa, y más a mi edad, constatar que aún quedan buenas personas en este mundo.

Y esto es todo. Bueno, casi todo. Sigo sin pintar el coche. Prefiero mantenerlo camuflado de chatarra, para que a nadie que lo vea se le pongan los dientes largos. Ni que decir tiene que superé la ITV, y con nota. Luego, tras dejar pasar unos días, decidí cogerme dos semanas de permiso. Ningún problema con el sustituto. No sabía de coches, y de ahí que mis queridas buenas chicas se quedaran algo tristes, pero sólo serían dos semanas. La primera etapa, ya lo habrán imaginado, mi apartamento de Benicàssim. El coche duerme a salvo en mi cochera, bien cerrada. Llevo aquí cuatro días y no me puedo sentir mejor. Fíjense cómo será, que hasta he ligado. Aquí donde me ven, hace dos tardes, en esta misma terraza, se me acerca una chica de cuarenta y pocos, jamoncilla, como a mí me gustan, y se me pone al lado. Que si yo era de los que venían con el Imserso. No joda, señora. Yo he venido en mi coche, y a mi apartamento. Anda, y dónde tienes el apartamento, y el resto se lo pueden imaginar, que alguna vez habrán ligado, digo yo. No se creía que yo tuviera un Ferrari, hasta que hoy subimos hasta el desierto de Palmas a comernos una paella de las buenas. Tenían que haberla visto. Está claro que se liga mucho más con un Ferrari que con un Seiscientos, incluso a mi edad. A mi edad aparente. Con suerte, a la noche sabré si mi edad real es tan real como espero. Hemos quedado a cenar aquí, en el Voramar. Ella tiene habitación. Todo el mes. Ha venido por no sé qué cosa de una talasoterapia que dan en una clínica de aquí al lado. No sé qué demonios será eso, pero el caso es que vive aquí. Después de cenar...

pues cualquiera sabe. Igual hoy mojo el churro, y por primera vez en mi vida sin casarme, sin pagar y sin cambiar ningún aceite. Ya se lo contaré, mañana... no, mañana no. Ni mañana ni nunca. Ya no tengo nada que contar. Sólo vivir.

A veces me pregunto cómo llegó el Ferrari a la nave, con don Enrique al volante. Miren, yo he bebido como cualquier chusquero. Aguanto lo indecible, y ni me caigo al suelo ni me quedo gilipollas. Aquella noche no oí nada. La televisión no estaba fuerte, y los atletas callaban con frecuencia. El coche, apostaría mi alma si tuviese, llegó cuando le oí, no antes. Con un muerto al volante. Nunca supe de dónde venía don Enrique. Supongo que de Los Molinos. Debió morir allí, sobre las doce, como dijo el forense. Morir de morirse o morir de que le mataran. Como alguno de los varios que se han muerto donde murió él, al volante del Ferrari. Cómo llegó luego hasta la nave... pues oigan, prefiero no pensarlo. Háganlo ustedes en mi lugar. A mí me basta con saber que por ahora es mío, aunque también sé que no lo será siempre. Un día me matará, como ha matado a los demás. Espero que con cariño, porque de todos sus dueños debo ser el que más le ha querido. Cuando menos, el que mejor le ha cuidado.

El sol se va poniendo, el Knockando se me acaba, el *laptop* dice que me queda batería para cinco minutos y aún tengo que llevar el Ferrari a la cochera, repasarme la barba, ducharme, vestirme y volver a pie, que mi apartamento no está lejos. Levanto la cabeza y miro en la dirección del parking, algo aturdido por el estruendo del último Euromed, que acaba de pasar. Ahí está. Rodeado de curiosos y mirándome desde lejos con sus ojos de xenón. Enseguida estoy contigo, chaval. No tardo, de verdad. Ya voy...

ERIS, LA DIOSA

Primer día de vacaciones. Ya tenía yo ganas. De aquí a primeros de julio, vida idílica. Pastoril. Con un calor que te cagas, eso sí. Mojácar-Turre-Carboneras, en junio, es como el Sahara. Luego aún es peor, pero no estaremos aquí. Es el tiempo de ir por América, para que nos miren los dientes y visitar a tía Livy, que tiene un rancho cerca de San Antonio, todo lleno de serpientes de cascabel. Eso será en julio. Ahí nos separaremos. Este año, por primera vez, salgo al mundo sin no-padres. Deirdre, Miriam y yo. Las tres acabamos de cumplir los diecisiete. Somos amigas porque sus padres y mis no-padres también lo son, no porque tengamos demasiado en común. Son medio idiotas y me aburren, pero mis no-padres todavía no se atreven, los bobos, a dejarme ir sola por la Europa degenerada. Pensamos tirarnos seis semanas de vagabundeo total, nueve países para nosotras solas. Nos juntaremos en Zürich, donde vive mi no-abuela, la madre de mi no-madre. De allí a Tromsö en avión, que Miriam tiene allí a su chico, y desde ahí, siempre por tren, condición que hubimos de aceptar o si no se jodía el plan, Bergen, Oslo, Kovenhavn, Hamburg, Berlin, Praga, Wien,

Venezia, Rome –de donde se han juramentado no salir enteras; no es mi caso, que bien vacunada estoy–, Florence, la Riviera, Sitges y por fin, que ya será mediados de septiembre, Sierra Cabrera otra vez.

A estas alturas ya se habrán imaginado que pobres de pedir no somos, ¿verdad? Muy cierto, aunque tampoco somos esa clase de multimillonarios deficientes cuyos fortunones sólo les dan para deambular por la vida inmersos en la vaciedad de sus cerebros. En realidad, ni siquiera somos multimillonarios. Mis no-padres trabajan, los dos, y lo hacen por la pasta, no sólo por devoción, que podríamos vernos justitos si dejaran de currar. Una vez le pregunté a mi no-madre cuánto teníamos, y tras asegurarse de que sólo era un razonable interés por saber si podría ir a Harvard o si, por el contrario, debería conformarme con Granada, o con Murcia, me aseguró que sí, que podría, y que por menos de cinco millones de dólares no se nos ahorcaba.

Mi no-madre pasa por ser una temible analista de inversiones. Trabaja por libre, pero casi todo lo que hace se lo compra la UBS. No sale de casa. La buhardilla, que es inmensa, es donde opera. Una docena de PCs conectados a todo lo imaginable. Ésa es otra, la conexión. Sierra Cabrera se reparte a lo largo de un conjunto de montañas perdidas en la nada, entre Turre-Mojácar-Carboneras y la A-7, y pese a lo mucho que el ayuntamiento se afana en mimarnos –no porque nos ame, que yo diría es lo contrario; sucede solamente que de aquí sale buena parte de su presupuesto, y el alcalde tiene claro que o nos cuida o nos lo montamos en propio, nombramos lehendakari y nos segregamos– la infraestructura no es la que debería ser, así que somos muchas las familias con enlaces por satélite. Gracias a eso mi no-madre se mantiene permanentemente conectada, como si esto fuera London, o Frankfurt, o Zürich. En otros tiempos no habría podido, porque ni las comunicaciones eran las de hoy ni las empresas facilitaban sus datos como lo hacen ahora. Unos tiempos, no lejanos, donde había que fastidiarse y asistir a las conferencias de analistas, tragarse unos rollos monumentales y total para nada, porque nadie les libraba después de pasarse horas y horas investigando papelotes hasta encontrar Los Números. Los buenos, los que importan a los analistas. Las empresas, hoy en día, ya se han rendido. Saben que ponérselo difícil a las arpías como mi no-madre sólo sirve para machacar el propio valor, así que casi todas habilitan websites de acceso restringido donde los analistas debidamente acreditados dan con lo que buscan sin moverse de sus hogares. De sus Arcadias. Bueno, esto no se lo he dicho –no me ha dado tiempo–, pero nuestra casa, que sin ser de las más grandes sus dos mil metros habitables sí tendrá, se llama precisamente así: Arcadia.

Mi no-padre es profesor universitario. Sociología y demografía. Trabaja para la Universidad de Oregon, en Eugene, al sur de Salem. Tiene treinta y tantos alumnos. Raro es el mes que no se ve con cada uno de ellos. Están contentos, a lo que parece. Tanto ellos como el consejo rector. Lleva cuatro años en el puesto y le han ofrecido renovar por cuatro más. Debo aclarar que sus alumnos, en su inmensa mayoría, son gente de más de veinticinco años. Hombres y mujeres que llegan de su curro más o menos deslomados y no más pronto de las seis, que pasan un rato con sus hijos y sus parejas si los tienen, que cenan todos juntos y que después, cuando cada uno está en su rollo, él, o ella, se desentiende de la tele, conecta su PC y se transforma en estudiante. Unas veces se bajan una lección individual que mi no-padre les ha preparado a la medida de cada uno. Otras asisten a una clase interactiva, donde con ayuda de algo que se llama *NetMeeting* los conectados se congregan ante una pizarra virtual que mi no-padre controla desde su zulo, que así llama el pobre al cuartito del sótano donde, a través del hiperespacio, cada día se transustancia siete horitas en el campus de Eugene. Otras, por último, son tutorías. Tal y como haría cualquier profesor de carne y hueso, a una hora determinada se reúne con un alumno. Lo hace sentado frente a su ordenador, enfocado por una *webcam* de alta definición. En una de sus pantallas aparece su alumno, también sentado frente a su propio PC y su propia *webcam* –ambos, junto con la conexión de banda ancha, los financia un programa del *state government*; la educación superior del estado de Oregon para mayores de veinticinco años, créanme, no es como la de aquí–, y hablan de su cosas como si estuvieran frente a frente; quizá incluso mejor, porque los alumnos saben que no es un diálogo barato, que aquello no es una chorrada carente de valor, y según mi no-padre se concentran más profundamente que si los tuviera enfrente. No crean que todo es maravilloso. Hay servidumbres. La peor, que las horas que mi no-padre reserva para las sesiones interactivas, clases y consultorías, son las lógicas para unos trabajadores de la costa Oeste de Estados Unidos que a las 8 PM comienzan a sentarse ante sus PC, unas 8 PM que son las cinco de la madrugada en Mojácar. Mi no-padre madruga tanto como los pastores de por aquí, los de las estribaciones de Sierra Cabrera. Quizá de ahí venga lo de Arcadia, no sólo de lo idílico que sea vivir en esta montaña prodigiosa.

Mi madre era canadiense. Francófona. Profesora de francés, que así lo hablo yo de bien. Nunca se casó con mi padre, un pintor danés de brocha gorda –gracias a Dios, no padezco genes artísticos– que cuando yo ni gateaba se volvió a Roskilde, su pueblo –le conocí el año pasado, al ir con Paul a recoger mi pasaporte danés; pensaba encontrar un hombre vulgar, como casi todos, aunque para mi extrañeza salí de su casa convencida de haber sido engendrada por un completo gilipollas–, no por estar hasta el gorro del espantoso clima de Montreal ni por haber dejado de querer a mi madre, sino porque a ésta se le caían las bombachas por un diseñador de interiores con el que no tardamos en mudarnos a Seattle.

Allí conoció a Paul, que así se llama mi no-padre, y nos fuimos a vivir con él a tiempo de que me vieran soplar mis primeras dos velitas. Al poco de soplar siete, mi madre decidió que no necesitaba verme soplar más. No estaba loca. Era que, tras quedarse sin una teta y estar más que hasta el culo de radioterapias y quimioterapias, le habían aparecido metástasis hasta en el carnet de conducir. Sabía qué le esperaba, y al llegar donde tenía puesto el límite –ya no se podía quitar el collarín–, pidió a mi abatido no-padre que me llevase con su hermana Livy –sí, la de las serpientes– y que me dejase allí, con mis primos y las víboras, hasta que todo acabase. Paul no era tonto. Intuía que no se verían más, porque mi madre conservaba la cabeza sobre sus hombros y hasta el mismísimo final fue la dueña de su vida. Se descerrajó un tiro nada más oír decir a Paul que habíamos llegado bien, hablar un ratito con tía Livy y luego hacer que me pusiese al teléfono, y obligarme con una voz que no me pareció la de siempre a jurarle que, aunque odiase las *beef-ribs*, jamás dejaría nada en el plato.

Ahí es donde digo que tuve suerte. Otro cualquiera hubiera dicho *Livy, guapa, qué pena lo de Odile, pobrecita Eris que se ha quedado sola, tú verás qué haces con ella porque yo me las piro*. Paul, por entonces, me había cogido cariño. Mucho, desde aquí lo veo claro. La mayoría de los padres no quieren a sus hijos tanto como él demostró quererme a mí. Me adoptó legalmente. Nos fuimos de Seattle. De hecho, no recuerdo haber pasado por casa, donde aún quizá oliese a pólvora quemada y a suicida cancerosa descompuesta de seis días. Sí, ahora lo recuerdo: me recogió en San Antonio, Texas, y de allí nos fuimos a Boston, Massachussets. Le había salido un curro cojonudo –es un tío que vale, pueden estar seguros–, en el MIT nada menos.

Allí, en el MIT, fue donde conoció a Lilo, mi no-madre. Mejor, conoció a su marido, un físico francés que sabía horrores de hidrodinámica. Lilo es suiza. Diez años mayor que Paul, lo que jamás les ha importado. Como cualquier suiza de clase media, educada con normalidad, habla perfectamente alemán, francés, italiano –las tres lenguas del país– e inglés –la cuarta lengua del país–. Ya en Zürich era reconocida como una excelente analista. Un buen día conoció al francés, no sé como, y decidió seguirle. No a ciegas, no vayan a pensar que Lilo –Liselotte, pero así sólo la llama mi no-abuela– es una romántica extraviada. El francés tenía un contrato con el MIT y a ella le apetecía ser corresponsal en Boston –allí está el MIT– de la UBS –si tienen un millón de dólares y no saben qué hacer con él, llámenles enseguida–. Se casaron al año de vivir allí, aunque sólo por facilitar su demanda de adopción. Sucedía que Lilo no puede tener hijos, por culpa de un aborto chapucero que le perpetró un manazas italiano cuando tenía veinte años; se le declaró una infección y, a título de mal menor, se quedó sin matriz, aunque al menos conservó un ovario. Le apetecía tener un hijo, y al francés, que si vivía como vivía no era gracias a lo poco que le pagaba el MIT, sino por el pastón que ya entonces levantaba Lilo, le pareció muy bien. Hacían una pareja rara, extravagante, a su modo concienciados y de ahí vino que en vez de pedir lo habitual, un bebé WASP rubio y precioso, se descolgaran con una somalí de seis tacos a punto de que le rebanaran la pipitilla. En esa forma llegó Cheryl a la vida de Lilo. No se llamaba Cheryl, por supuesto. Su nombre verdadero es un insulto a la fonética, por lo menos la civilizada, y de ahí que la inscribieran como Cheryl nada más se la entregaran en JFK. La pobre no entendía una palabra, de modo que los primeros tiempos fueron difíciles, aunque la infeliz pronto tuvo claro que los amores voluntarios son preferibles a los naturales. Lilo ha sido para ella, y lo sigue siendo, mucho más que una madre, y ella corresponde. No es muy lista, quizá por ser difícil serlo en un grupo humano –me resulta difícil decir «familia»– donde ninguno presenta un IQ inferior a 160 –yo paso de 190; lo habrán notado, ¿verdad?–, pero tampoco es idiota, y a diferencia de nosotros, los demás, es todo corazón, y muy alta, que con apenas quince años mide cerca de dos metros; de ahí que sea la capitana del equipo de baloncesto femenino de Mojácar –le saca un palmo al pivot del masculino–, y que lleve camino de serlo de la selección femenina de la Junta de Andalucía, pese a que la pobre, y del idioma castellano, sólo sepa decir las peores palabrotas –yo se las enseño–. Nos llevamos bien, como dos hermanas que no lo son aunque a nadie decimos que no lo somos, lo que suele provocar un descoloque general. Yo soy rubia, delgadita, no muy alta, de piel casi transparente, mientras Cheryl es grande como un armario y negra como el betún. ¿Recuerdan a Venus Williams? Pues algo así, aunque una cabeza más alta, las espaldas del gobernador de California y la carucha de una Halle Berry de quince añitos, que hace veinte también los tuvo.

Al año de ser tres, el físico francés anunció que le habían ofrecido una dirección técnica en el proyecto de la presa de las Tres Gargantas. A Lilo no le pidió que le siguiera, porque bien claro tenía que ni por el forro lo habría hecho. Lilo es absolutamente civilizada, esa clase de suiza que denuncia a los peatones si tiran colillas o cruzan por donde no deben –no exagero, no crean–, como para pedirle ir a China. No volvieron a verse, ni siquiera para divorciarse. Lo hicieron por fax. Por entonces Lilo ya se veía con Paul. Se conocían del MIT, de algún festejo donde hubieran coincidido, Lilo acompañando a su francés. Esa parte de su relación nunca me la han contado ni yo siento curiosidad –no es que no sea cotilla, es que me tiene sin cuidado–, pero el caso es que al cabo de un tiempo me vi en una casa como de cuento, nada menos que de 1776, en un pueblecito maravilloso que se llama Marblehead, con mi no-padre, la que ya se perfilaba como mi no-madre y una no-hermana negrita, dos años más pequeña pero mucho más alta que yo. Supongo que para casi todo el mundo sería una situación descabellada, pero a mí me parecía una cosa por completo natural. Estaba bien, tranquila, cuidada y me constaba que tanto Lilo como Paul, a los que siempre he llamado así, Lilo y Paul, se ocupaban de mí.

Vivimos allí dos años, en paz y tranquilidad hasta una Navidad en que Lilo y Paul, un tanto solemnes, nos anunciaron que al acabar el curso nos iríamos de allí. No ya de la casa, o no ya de Marblehead. A España. Yo, que tenía doce años, sabía de dónde nos hablaban, pero Cheryl no se aclaraba. Para saberlo me bastaba con mirarla, de reojo. En Cheryl es un hábito no entender, componer esa expresión inexpresiva que los negros dominan tan bien si les miran blancos, y luego, cuando estamos solas, hacer que se lo explique, lo que sea. Es lo que sucedió aquella vez. Aún recuerdo su miedo incontrolable, cercano al pánico. Un asombroso ataque de terror. Un sollozar incontenible, aunque sin hacer ruido, que no se despertara Lilo. La tuve que zarandear para que hablara: España estaba, o eso había entendido, justo al lado de Somalia.

Con el tiempo comprendí qué había ocurrido. Lilo seguía muy de cerca la evolución bursátil de unas cuantas compañías por entonces conocidas por *dot com*. Muchas de ellas subían y subían sin que nadie fuera capaz de predecir su techo. Ella, y en alguna medida Paul –sus dineros eran independientes, aunque Lilo administraba los dos; el pobre Paul siempre ha sido un desastre, al menos para eso–, llevaban tiempo invirtiendo en un grupo muy específico de aquellas bienaventuradas *dot coms*, las enclavadas en el concepto *search business*. Eran unas cuantas. A mí me sonaban casi todas –nada más llegar Lilo a mi vida llegó también la internet; hoy, como Lilo y Paul, no podría vivir sin ella–, Yahoo, AOL, Starmedia, Lycos, Inktomi, eBay y otras más que con el tiempo han fallecido. En noviembre de 1999 Lilo hizo balance. Le salió que tenían muchísimo dinero, una cantidad inimaginable incluso para una suiza de familia con cuatro casas a cual más grande, pero en papel. En títulos. Le salió, también, que un raro concepto denominado *the bubble*, la burbuja, estaba por estallar, así que al cabo de una semana, renunciando a golosas expectativas de revalorización –algunas calculadas por ella misma–, lo había vendido todo, de modo que el humilde saldo de Paul excedía el millón largo de dólares y a saber cuánto más el suyo propio. Ahí, *thanksgiving* de 1999, comenzaron a pensar. A Lilo no le gustaba demasiado la vida en los *estates* –disfrutan de una cultura demasiado elemental, suele murmurar–, Paul ya veía venir que sus días en el MIT estaban contados, el clima de Boston es excelente para irse a cualquier otro sitio y la vida de Cheryl no resultaba tan idílica como Lilo había imaginado, pues Massachusets, pese a su perfume liberal, sigue siendo un lugar magnífico para que los negros entiendan que no son blancos. No sé cómo ni por qué se fijaron en España. De hecho, no creo que se fijaran en España. Se fijaron en Sierra Cabrera, que si a veinte millas de Mojácar casi nadie sabe qué diablos es, en el circuito del dinero sí que se sabe. Lilo vino a ver Sierra Cabrera y aledaños allá por enero. De las nevadas inclementes de New England al sol perezoso de Almería. De los jardines de Marblehead a las chumberas de Mojácar. Del inmaculado, casi de diseño Cape Cod, al abrupto y salvaje Cabo de Gata. De unas gentes tan superavanzadas que vivir en Boston a veces resulta insoportable, a la subdesarrollada civilización almeriense, de todas las andaluzas la que más recuerda el Magreb. Lilo es la mar de realista, y no dejó de valorar pros y contras, ventajas e inconvenientes, sobre todo de cara a Cheryl y a mí, a nuestra educación, pero una vez puesto todo junto le salió que sí. Que adelante.

Paul no discutió. Sierra Cabrera, para él, no era mucho más que una especie de Acapulco, más lejano y más barato, aunque presentaba la ventaja de pillar cerca de la Europa interesante. Quizá no le falte razón. Hay que ser sociólogo y haber estado en los dos sitios –como él– para darse cuenta de lo mucho que se parece Acapulco a Vera-Garrucha-Mojácar, al menos en lo conceptual. Una cultura de gringos ricos que viven allí aunque trabajando a distancia, otra de jubilados gringos que no trabajan, sólo gastan, otra de gringos que ganan su dinero facilitándoles las cosas, una mezcla de gringos astutos y locales instruidos que se ocupan de la incesante marea de turismo *solyplaya*, y una masa, por fin, de indígenas cuasi miserables que se ganan la vida sirviendo al gringo y también al gachupín, en todas y cada una de las manifestaciones del concepto «servir». Sustitúyase los gringos por británicos –o asimilables, como nosotros–, los mexicanos por almerienses y añádase un complemento interesante, los *sin papeles* baratísimos que atestan Almería, y ya está, ya lo tienen. Redondeando el atractivo, un mundo separado, que Sierra Cabrera no es otra cosa, una montaña mágica, una especie de Olimpo donde sólo pueden morar los elegidos, y un aeropuerto internacional a una hora de autopista, con enlaces cotidianos a Zürich, Frankfurt, Londres y París. Ah, y un puertecito encantador –Garrucha– donde poder amarrar un barquito sin llamar en absoluto la atención.

Nos aclimatamos pronto. A lo más fácil, casi el primer día. Una casa fantástica, unas comunicaciones excelentes y un ambiente por demás hospitalario, no ya por Mojácar, sino por la propia Sierra Cabrera. Un mundo separado, diferenciado, en el que se habla inglés. Alguna vez español, pero sólo si no hay más remedio y sin poner empeño en aprenderlo, que los españoles interesantes demuestran que lo son, y que merecen se les trate como ingleses, si saben expresarse como Dios manda, y Dios, ya se sabe, hace mucho que dispuso que las clases superiores se comuniquen en inglés. Un agradable club social donde fuimos recibidos con razonable calor

–Lilo, en el mundo sutil de los que manejan ellos mismos sus millones, no es una desconocida–, cinco estupendos campos de golf –hoy ya son siete–, lo que define bien cómo somos y cómo es nuestra vida, porque la cuota pluviométrica de Sierra Cabrera es peor que la del desierto de Mojave, y hasta un aeropuerto particular, el de Cortijo Grande, sólo para volar a hélice porque la pista no es larga, pero suficiente para los que aparcan el Aston Martin al lado de la Beechcraft.

A lo difícil nos costó algo más. Por ejemplo, educarnos. Turre sólo tiene un colegio, pero en Mojácar hay más, y también un instituto. Éste no está mal, que de vez en cuando vamos allí a ganar al baloncesto y perder al fútbol –no confraternizamos más; ni a ellos les gusta el cricket ni a nosotros matar toros o salir de procesión–, pero son centros públicos donde la enseñanza sigue, qué remedio les queda, el plan oficial español. Les enseñan religión, para que se hagan una idea de lo atrasados que aún están, pobrecillos. Sierra Cabrera es mágica para eso también. Contamos con un *school* donde la lengua es el inglés, y punto. Por supuesto, se enseñan otros idiomas, empezando por el alemán, siguiendo con el francés y acabando en el español. El plan de estudios se ciñe a la conveniencia de Sierra Cabrera, no a lo que digan los políticos indígenas, tan dominados por sus servidumbres –según Paul, la Iglesia es la peor, pero no la única; para él, por ejemplo, resulta inconcebible que ya bien dentro del siglo XXI haya gente tan idiota que malgaste preciosas horas lectivas enseñando latín, con lo útil y lo práctico que resultaría dedicarlas al Windows XP– que no son capaces de imponer un plan de estudios avanzado, inteligente, de los que al salir del *high school* te permitan aspirar a un puesto de trabajo interesante, o si vas a la universidad no advertir, con horror –si se trata de carreras difíciles–, que no te suena una sola ecuación de las que pintan en la pizarra. El objeto de nuestro plan escolar es que los títulos expedidos aquí sean reconocidos por el sistema británico, el alemán, el francés y desde hace poco el americano. Si además lo son por el español, pues bueno. Lo que abunda no daña. El objeto es, también, que al ingresar en Harvard, o Cambridge, o la Sorbona, o Heidelberg, que se supone no vamos a ir a universidades de medio pelo, el graduado de Sierra Cabrera no se vea en inferioridad frente a sus nuevos compañeros.

Al poco de aclimatarnos, Paul y Lilo decidieron que la vida sería perfecta si tuvieran un hijo. De sus respectivas sangres. Nos querían, pero no éramos su herencia genética. Estaban decididos, aunque se molestaron en aparentar que nos consultaban. En realidad nos lo vendían. A mí más que a Cheryl; ya les dije, mi no-hermana es todo corazón. No puse pegas. No veía en qué podría salir perjudicada mi vida. Mejor aún, haría que se afianzase, al menos mientras me pudiese afectar que partieran peras y cada uno tirase por su lado, riesgo inevitable si la bella –nunca lo fue mucho– está más cerca de los cincuenta que de los cuarenta, y a fuerza de no salir de su buhardilla se le va poniendo el culo como esas horribles *bullfighting rings* donde los salvajes de por aquí matan toros a sablazos tras torturarlos horas y horas con el peor de los sadismos y la más inconcebible crueldad.

Ya les dije antes que Lilo no está entera de los bajos. Ni podía engendrar ni hacer crecer en su barriga, pero le quedaba un ovario. Una clínica de Ginebra, muy buena en esas cosas, extrajo unos cuantos óvulos, los fecundó con lo que a Paul se le pudo sacar y después los implantó en el útero de una alumna de Paul, una divorciada con dos hijos sanos y fuertotes. Un acuerdo satisfactorio para todos. La incubadora liquidaba sus deudas, se fabricaba unos ahorros muy decentes y se pasaba dos semanas en Suiza, que no es mal *bonus*, y Paul & Lilo resolvían por una cantidad razonable para su situación económica el problema de hacerse con una tripa mercenaria. Existía el riesgo de que la bestia cambiase de idea y se apropiara del cachorro, que a la primera ecografía, por cierto, se supo eran dos cachorros, pero aunque no haya solución para esa clase de problemas lo atornillaron pagando a la entrada una cantidad muy moderada –la otra necesitaba una cierta garantía–, dejando el resto contra entrega de las reses en perfecto estado de servicio, tras la oportuna verificación del ADN. Ni a Paul ni a Lilo les preocupaba demasiado que la incubadora se rajase, porque tales cosas ocurren sólo si el dinero a perder no es grande, y ellos ya se habían preocupado de fijar una cantidad tan exorbitante como para sofocar cualquier crisis de furor maternal. Acertaron, y es que no hay nada como tener mucho dinero, créanme. A su debido tiempo se hicieron con las crías –la parturienta ni las vio– y se volvieron a Sierra Cabrera, tan felices, con Solange y Delphine –una maldición; salvo Paul y los senegaleses, ya les contaré, aquí sólo hay hembras; eso fue hace dos años y, aunque aún es pronto para olvidar la Roca Tarpeya, todo indica que las dos van para excelentes arpías desalmadas, frías, manipuladoras, calculadoras, sin escrúpulos ni conciencia. Una, Solange, no puede ser más mala. Delphine es muchísimo peor, aunque todavía no molestan demasiado, de modo que nuestra vida familiar, si se le puede llamar así, se ha vuelto deliciosamente idílica. La propia de cualquier Arcadia que se precie.

Ni a Lilo ni a Paul les obsesionan los asuntos domésticos. En cuanto a Cheryl y yo, qué les puedo decir. Somos dos adolescentes normales, sanas y bien alimentadas, y en consecuencia muy cochinas. Arcadia sería una leonera lujosa si no fuera por Heinrich. Un antiguo suboficial del ejército suizo, de cincuenta y tantos aunque aún en buena forma. Se le podría llamar mayordomo, pero es mucho más. Hace que a nuestro alrededor todo funcione, salvo los ordenadores y las comunicaciones, donde Lilo no permite que nadie meta mano. Heinrich nos llegó gracias a la no-abuela, y se diría que es una bendición de hombre si no fuera porque no es exactamente un hombre. Bueno, quizá lo sea en el plano funcional, pero lo cierto es que no puede ser más marica. Lo disimula, por supuesto, y la mar de bien, que treinta y cinco años en el ejército más conservador del universo debe ser buenísimo para eso. Rara vez deja que le asome la pluma, lo que tampoco nos importa, porque para pluma la de de su pareja, Jean-Claude, un belga veinte años más joven. Un cocinero magnífico, que se ha tirado quince años mamando de las tetas de Bocuse. Gracias a él, los arcadianos comemos como si viviéramos en un clon de L'Auberge du Pont de Collonges. Es también un extraordinario jardinero, no de lo basto, arbustos, matojos y plantujas ordinarias, sino de flores. Arcadia es, gracias a él, un vergel de diez mil metros cuadrados donde se pueden aspirar mil aromas diferentes. Da gusto verle, canturreando en su minitanga, dando saltitos de un parterre a otro, bajo la mirada estupefacta de dos negrones del Senegal que se ocupan de mantener la piscina, el jardín y la pista de tenis sin una brizna de polvo. Es asombroso escuchar el delicado, musical francés del belga, en contraste con el asalvajado, brutal, de dos pobres de Dios educados, o eso dicen, por nefastos misioneros del Béarn. Llegaron en patera, lo normal en esa gente. Lilo no piensa regularizarles. Lilo ni les ve, mejor. A las horas en que se ocupan de la parcela ella no está con nosotros. Su cuerpo no sale de la buhardilla, pero su mente flota en el hiperespacio, de Zürich a Singapore, del NASDAQ a Hong Kong. En cuanto a Heinrich, para él no son más que *untermenschen* reemplazables, será por negrazos. Igual de reemplazables que las dos moritas encargadas de la casa. Las pobres se sorprenden de que aquí no se les pida que hablen castellano. Nos vale su espeluznante francés, que no necesitan otra cosa para seguir las secas instrucciones del *feldwebel* Heinrich. No saben que las entiendo. No lo saben porque no les hablo. Son humanas, o eso creemos, y ninguno de nosotros las trata mal, pero hay humanos y humanos, como hay Fiats y Ferraris. Unos y otros tienen cuatro ruedas, pero ni de lejos son lo mismo, así que todos en Arcadia flotamos en nuestro apacible racismo, nosotros en el nuestro y ellas en el suyo, que si a nosotros nos sirve para ignorarlas ellas lo emplean en odiarnos, aunque sólo a la luz del sol, porque llegan al amanecer, en el mismo minibús de los senegaleses, y se van cuando anochece, los cuatro juntos y también de lunes a viernes, que los fines de semana preferimos un punto menos de limpieza con tal de no vernos invadidos, y por mucho que para nosotros, en realidad, no existan.

Los monstruos son otro asunto. Lilo no les hace caso. Las quiere, por supuesto, pero su componente animal está muy diluido, si es que tiene alguno. De las dos se ocupa una suiza, como debe ser. No es de un cantón alemán, como Lilo habría preferido, sino de uno italiano, aunque por lo demás funciona bien.

Las alimañas parecen adorarla. Ella las mantiene lustrosas y relucientes, que da gloria verlas, y hasta olerlas. Acercarse más es peligroso, y yo no lo hago. Cheryl, sí –¿ya les he dicho que toda ella es corazón?–, de modo que ambas bestias la putean sin compasión, pero aun así es bonito oírlas, a las tres, riendo como locas, chapoteando desnudas en su pequeña piscinilla bajo la mirada de crustáceo de los negrones jardineros. Se preguntarán ustedes si con semejante servicio doméstico, y dada la inveterada costumbre de la casa de circular todos en cueros, no nos preocupa que un día los senegaleses se nos pasen por la piedra. No hay problema, y no por Heinrich y su Sig Sauer P-226, –no se la quita ni para dormir o eso pensamos; Heinrich, la verdad, será marica, pero los tiene muy bien puestos–, sino por Fritz y por Pam, los últimos dos miembros de nuestra pequeña comunidad. Jamás habíamos tenido perro, pero Heinrich, al poco de llegar, planteó una lista de necesidades a cubrir si queríamos disfrutar de una razonable seguridad. Una era contar con perros. No unos cualquiera. Debían reunir unas características no excesivamente raras pero sí difíciles de apreciar, todas juntas y a la vez, en un mismo animal. Habrían de ser corpulentos, imposibles de dominar por un humano. Inteligentes, lo bastante para distinguir al visitante invitado del intruso criminal. Silenciosos, para ser imposible detectarles. Eficaces, capaces de matar a la primera dentellada. Valientes, para lanzarse sobre lo que fuera sin dudar ni vacilar.

Abnegados, para dejarse matar en defensa de sus dueños. Civilizados, para que su presencia no resultase insoportable, ni por carácter ni por hedor. Por último, cariñosos, que conocía el proyecto de tener niñas pequeñas y sería de lamentar que un día se las comieran. Según le oíamos –en francés; Heinrich, que no es un suizo culto, sólo habla eso, alemán, croata, italiano, español y portugués–, nos admirábamos más y más ante aquel pliego de condiciones. A Paul le faltó poco para inquirir si además no sería bueno que cantaran y bailaran, pero la cara de nuestro *feldwebel* no propicia el cachondeo. Cuando le preguntamos si tales seres existían dijo que sí, que los fabricaban en Hungría y no salían caros. Bien, pues vaya usted a Hungría y tráigase unos cuantos, y así fue como días después nos vimos con Fritz y con Pam, por entonces cachorritos de tres meses, dos bolitas absolutamente adorables. Hoy Fritz pesa ochenta kilos y Pam sesenta y cinco, y creo que sólo yo insistiría en tildarles de adorables. Son pastores de la estepa, pero no de cincuenta cabezas, como los rebaños de aquí. Los húngaros rara vez bajan de quinientas reses. Para pastorearlas suele bastar con tres o cuatro pulis, que vienen a ser komondors de sólo quince kilos. Los pulis se comportan como los destructores que ordenan el convoy. Los komondors no pastorean. Son la escolta pesada, los cruceros de batalla que defienden las ovejas de las temibles amenazas del rebaño: lobos, osos y cuatreros. Ningún pastor húngaro cuenta con menos de tres; un macho viejo y dos o tres jóvenes, éstos es igual si son machos o hembras. El komondor adulto posee un pelo muy denso que forma unos trenzones imposibles de peinar. Bajo ellos se forma una capa de borra muy tupida, cuya función no sólo es protegerles del frío, sino de las garras de la oposición. El pelo es blanco si el animal está recién bañado, pero lo normal es un gris muy sucio. El de una oveja vulgar. Un camuflaje tan perfecto que a los ojos de un lobo no se diferencian de los borregos grandes, y cuando aquél se confunde no suele saber que se ha confundido, pues el komondor no ataca como un perro de pastor ni como uno de presa. El komondor ataca como el tigre, va derecho a la garganta, y la de un lobo no es nada para una dentadura que también es la de un tigre. Ni el lobo ni el cuatrero son enemigos para el komondor, pero el oso sí lo es, y hay muchos osos vagando por la estepa húngara. El pastor no les puede atacar a tiros, salvo en legítima defensa, y las autoridades necesitan que al pastor le hayan arrancado un brazo para decir que sí, que bueno, que ametrallar al oso esa vez pudo estar justificado. Ahora, si el oso cae ante un komondor la justicia no dice nada. Cosas de animales, parecen opinar. Un komondor frente a un oso no lo cuenta, pero el oso no lo tiene claro, sobre todo si el komondor hace presa en su pescuezo, pues aunque lo esté despanzurrando con sus garras aceradas el perro no abre la boca, no deja de matar por mucho que ya esté casi muerto. Por eso los pastores llevan tres o cuatro komondors. Con dos, el oso muere, pero es casi seguro que uno de los perros también. Con tres, pobrecito Yogui, no tiene nada que hacer. Raro es que cause daño alguno a las tres o cuatro bestias asesinas que tan velozmente le liquidan. Unas bestias inteligentísimas, fieles al pastor hasta la muerte y que adoran a Solange & Delphine, *les demoiselles* de Sierra Cabrera, tanto que las dos malas putas se suben a sus lomos de komondor salvaje y corretean sobre ellos como si fueran ponies babeantes, y es que para con esas dos brujas no son otra cosa, pero sólo para con ellas, que los dos senegaleses, muy escarmentados, bien saben que acercarse a menos de diez metros de las dos les puede costar los huevos. Definitivamente, mi no-familia es para verla y no creerla.

Según me visto, si puede llamarse así ponerse un tanga, una camiseta, unos shorts y unas zapatillas de tenis, recuerdo que debo comprobar mis pasaportes, no sea que alguno esté por caducar. Tengo cuatro. De aquí a que cumpla dieciocho puedo elegir entre ser canadiense, danesa, suiza –Lilo me adoptó, igual que Paul a Cheryl una vez el francés renunciase a sus derechos– o norteamericana, y hasta es posible que pueda ser las cuatro cosas a la vez, que a las hijas de los millonarios se nos suele acoger con simpatía. Tampoco me costaría ser española, que, con tal de tenernos contentos, el alcalde hace lo que sea, pero mi pasaporte danés me confiere rango de ciudadana comunitaria, por lo que mientras no deba ir por un país árabe, donde ser española era ventajoso en otros tiempos, no pienso complicarme la vida. Viendo mis cuatro pasaportes me vienen a la cabeza esas raras manías de algunos *state governments* españoles –cómo dicen ellos... autonomías, ¿no?–, las de segregarse, declararse independientes. Qué gente tan extraordinaria. Yo no siento el menor apego por ninguna de mis cuatro nacionalidades. No tengo espíritu racial, y menos aún tribal. El mundo, para mí, es un lugar que me pertenece, y tan mío es Marblehead como Hong Kong. Y Sestao. Y Castelldefels. Pertenece a la raza, nos pertenece a los humanos, y en tanto no acabemos de cargárnoslo es del todo nuestro. Igual que nuestros cuerpos. El territorio y las culturas. La historia y la sabiduría, la ciencia y la tecnología. El conocimiento, en suma. Lo único que importa. ¿Qué sentido tiene ser miembro de una tribu...? –Hola, qué tal, somos los de Mojácar, nuestra lengua es la fenicia, nuestro hecho diferencial es que aquí varó una galera de Sidón más o menos cuando lo de Troya, cuando el Mediterráneo estaba imposible de sirenas, cíclopes, deidades y piratas, y en virtud de todo eso reclamamos nuestra bandera, nuestro autogobierno y nuestra independencia–. No les entiendo, ni Paul tampoco, pero a diferencia suya no me interesa el hecho sociológico. A mí todo eso me tiene sin cuidado.

Esta indiferencia social que tanto se me critica en el colegio –de ahí que sólo se la cuente a ustedes– de algún modo está conectada con lo que quiero ser. Pasarme la vida siendo la hija impertinente de unos millonarios de relativo medio pelo no sería divertido. No lo es ahora, como para pensar en veinte años dedicándome a lo mismo. Además, me gusta investigar. A mi modo ya lo hago, que soy la reina de la química y las matemáticas en nuestro de veras olímpico *high school*, pero quiero ir más allá. Comencé a notarlo hace años, cuando esos locos escoceses clonaron una oveja y se sacaron de la manga esa cosa extraordinaria que llamaron Dolly por no atreverse a bautizarla Princess Ann, con lo muchísimo que se le parecía. De ahí me viene, no les quepa duda. La clonación es el futuro de la especie. Nuestra liberación. El camino a la eternidad. La duplicación masiva de células madre nos permitirá fabricar a voluntad nuestras propias piezas de repuesto. Primero serán higadillos y glandulillas, que son facilitos, y poco a poco llegaremos a los cerebros. Podremos prolongar nuestras vidas a voluntad, siempre y cuando, como es natural, nos lo podamos pagar. Seremos inmortales quienes merezcamos serlo, que siempre seremos los mismos: los que tengamos muchísimo dinero –háganme caso, no sean pobres; no conduce a nada, se vive fatal y al final siempre viene alguien como yo a darte por el culo–; de ahí que mi vocación sea definitiva: del lado científico, ningún desafío será más fascinante; del económico, me voy a forrar. En cuanto al lado ético, no hay. Nuestros cuerpos son nuestros, la naturaleza nos los dio, y es nuestro derecho hacer con ellos lo que nos salga de nuestras respectivas gónadas. A ver en nombre de qué Dios Omnipotente puede nadie negar a nadie el derecho a ponerse los cojones en los cuernos, si le sale de los mismos y sabe cómo hacerlo. Los retrógados, los que hoy se niegan a entender que nuestro futuro es volvernos inmortales sin necesidad de morirnos antes, y que son los mismos que antes quemaban a la gente si no aceptaba que la Tierra era plana, podrán poner más pegas o menos pegas, durante más años o menos años, pero un día u otro, en algún país que valore más su balanza de pagos que lo que digan los fachas, se abrirá la primera clínica de NSMUSA –No Se Muera Usted, S. A. ¿Qué tal una revisión a los sesenta tacos, garantizándole que saldrá de aquí con veinte? ¿Que ya mismo? Pues mande un e-mail a erisjohanson@lecambiamosaustedtodo.com y vaya preparando una pasta del copón.

Lilo, un sol, me ha preinscrito en Harvard y en Cambridge. A veces me pregunto si no Edinburgh en vez de Harvard, que pese a todo su lustre, y el dinero que tiene, los republicanos la están jodiendo viva con eso de no dejar investigar con células madre. Una pena, pero los Estados Unidos son así. El poder de las iglesias, todas coaligadas a la vista de que se les acaba su cuarta y principal fuente de ingresos, es brutal. No me digan que no habían caído en ello. Vamos a ver si les suena este guión de película pía, estilo Dogma, u *Ordet*... Hija, dentro de poco te verás ante Nuestro Creador, desnuda y sin nada, porque allí se sube sin nada, sólo tú y tus horribles pecados. ¿Qué le dirás? ¿Que te arrepentiste de todo, justo al final? Si, vale, conozco la *policy*. Con eso te libras de la condenación eterna, cierto es, pero un millón de años en una caldera de aceite hirviendo, el demonio todo el tiempo metiéndote un pincho por el culo, es lo menos que te cae. Lo que yo te diga, hija. Menudos son los de arriba con las cosas del pecado. ¿Que si hay alguna forma de dejarlo en menos? Y hasta en nada, pero no te veo yo a ti atreviéndote. ¿Que sí te atreves? Bueno, pues tú misma. Echas aquí una firma, estos dos señores de aquí atrás que no dicen nada también firman, y ya está. Ni Purgatorio ni leches. A la derecha del Padre, todo seguido y sin escalas. Predicar la Palabra Divina es lo que tiene, hija mía: muchas necesidades materiales. Todo lo que nos dejen los buenos feligreses nos viene de puta madre. Bueno, tú, espabila que no tengo todo el día. Te rezas una salve mientras yo te unto la mierda esta entre los cuernos y a ver si la espichas de una puñetera vez, que ya va siendo hora. ¿Tus sobrinas? Que se jodan. Además, tú no te preocupes. Eso es cosa nuestra. Pues nada, ya nos veremos allí arriba, cuando suenen las trompetas del Valle de Josafat.

Paul, ignoro por qué, alucina con las iglesias. Con todas. En realidad debería decir con las religiones monoteístas, pero voy bajando la montaña en mi K75 –una consecuencia más de la millonariez; las chicas de Mojácar andan por ahí con sus vespinillos y sus hondillas, pero yo, ya ven: tricilíndrica total– y hasta que llegue a donde voy ni tengo el coño para ruidos ni las neuronas para polisílabos. En su concepción, nada piadosa, son instituciones multinacionales que hasta no hace mucho han facturado lo que no está escrito gracias a sus cuatro principales líneas de negocio: la enseñanza, el divorcio, el pecado y el más allá. A Paul se la sopla de cuál confesión se trate, pues a sus efectos de sociólogo nacido en SFO, amamantado con mescalina más que con leche, no hay diferencia en lo esencial: de dónde sacan la pasta. La Iglesia Católica no es su preferida –el Islam le interesa mucho más–, pero la fascinante vida sexual de los clérigos americanos le ha hecho volverse a la vertiente fundamentalista de lo que predicara otro Paul, ése de Tarso que se cayó de un caballo, a saber de qué la llevaría. Según Paul, si la Iglesia Católica es con diferencia la más rica es por haber diversificado mejor que las demás sus mercados estratégicos. Hoy en día, sin embargo, la tecnología y la liberación de las costumbres están reduciendo a nada esos mercados antaño gigantescos. Los efectos son los habituales en toda multinacional que se queda sin productos competitivos: al poco se queda, igualmente, sin clientes. Más de algún domingo Paul ha hecho que le lleve, sentado tras de mí en mi divina BMW, a visitar las iglesias de Mojácar y Garrucha. Siempre le veo constatar lo mismo, si acaso con la excepción del *easter period*, o Semana Santa que le dicen aquí: sólo hay viejos. No al cien por cien, que siempre hay excepciones, pero escasísimas. Los jóvenes, desde los de mi edad hasta los que ya se ven a punto de formar familias, pasan olímpicamente. Sabrá Dios por qué –a mí me la trae al fresco; en sentido figurado, claro está–, pero a medida que la educación es más profunda, y más intensa la influencia guiril –yo sería otra guiri, como Paul, de no hablar en español bastante mejor que la mayoría de los indígenas; los idiomas, ya lo ven, se me dan muy bien–, más pasan de lo que ni les trae consuelo ni esperanza, ni menos aún sabiduría. No forniquéis, o iréis al infierno, y votad al PP, que los otros están por el aborto, la eutanasia, la promiscuidad y la investigación con células madre, y ahí ya deserta todo el mundo, no ya porque casi nadie sepa qué coño es una célula madre sino porque no se les habla de sus problemas capitales, que son salir de la pobreza, tener un buen curro, poderse pagar el piso, comer, beber y follar lo mejor que se pueda, y de la vida perdurable ya veremos, que falta mucho para eso y nos ha jodido mayo con sus flores.

Una crisis de mercado como la copa de un pino, diría yo. No es cosa de Jesucristo, que incluso a los árabes les cae bien, pero dada su manía de no querer aparecerse, con lo mucho que lo hacían en otras épocas, Él o sus apóstoles –qué tiempos aquellos, cuando los españoles no podían bajar por condones sin darse con Santiago Matamoros–, la competencia se lo está comiendo por los pies. Una competencia que no es Alá, no va por ahí. Es la cultura. Peor. Es la cultura del televisor. Los indígenas de aquí se han pasado siglos levantando iglesias para oír la voz de Cristo a través del párroco, el obispo o el cardenal, pero ahora encienden la tele y ven el telediario, si no la CNN, que a menudo es peor. Pobre Cristo, qué mal lo tiene. De ahí que sus vicarios se quedaran, lo primero, sin el monopolio del divorcio. Paul me ha contado que mientras vivía el Dictador, el último de los muchos que han padecido estos desgraciados, los que se casaban por lo civil no se podían divorciar, pero los que lo hacían en la iglesia de su barrio, o de su pueblo, sí podían. Bastaba con hacer frente a los gastos de tramitación, que podían llegar a ser la hostia –es algo que sigo sin comprender del sistema métrico español, por bien que hable castellano; aquí las cosas no son pequeñas, medias y grandes, como en todo el mundo, sino una mierda, poca cosa, normal, tirando a enorme, la hostia, y ya es que te cagas, tía; la verdad, desearía dar con algún filólogo que me lo explicase–, pero siempre se acababa por pactar una cifra compatible con lo que dieran de sí los pecadores. Luego, adiós al monopolio de la enseñanza. Los laicos pudieron abrir sus colegios, y allá donde gobernaran las izquierdas la Iglesia empezó a tenerlo mal. No es una batalla terminada, pues el gobierno conservador actual, con mucha mano derecha, intenta que la religión regrese como cosa examinable, aunque Paul dice que ha perdido la batalla, que incluso las clases medias acomodadas, tradicional baluarte religioso, están pensándose muy seriamente si no saldría más a cuenta pasarse al becerro de oro. Luego vienen el pecado y la penitencia, conceptos que obligan a visitar las iglesias en demanda de perdón... *ego te absolvo*, aunque haberle sacudido cuatro leches a la señora porque te haya quemado una camisa está muy feo, hijo, pero que muy feo, así que tienes de penitencia los nueve primeros viernes de cada mes, cien rosarios y catorce vía crucis a la luz de la luna... sí, ya te comprendo, con todo lo que trabajas de dónde vas a sacar tiempo... Bien, pues nada más que los vía crucis y cien euros en el cepillo de los pobres, ahí mismo lo tienes, según sales a la izquierda... bueno, si echas trescientos tampoco hacen falta los vía crucis, el Señor entenderá que madrugas demasiado y no puedes irte a la cama tan tarde, así que lo dejamos en una salve y ya está, que Dios te bendiga y la próxima vez no la hosties en la cara, que luego murmuran las vecinas. Ya veo que comprenden: cuán duro resulta quedarse sin mercado. Más o menos como esos bárbaros de pueblo, comerciantes de tambuchos pequeñitos, cuando les ponen al lado un Carrefour; por cierto, el de aquí es de coña: los condones y el whiskorro más baratos del puto mundo mundial, se lo juro.

Todo esto, aún así, es tolerable, pero el ataque de la oveja Dolly a la cuarta fuente de *revenue* fue otra cosa. Palabras mayores. De quedarnos sin el monopolio de la vida eterna, ni hablar. Por aquí no pasamos, parecen decir. Qué bien lo han calado, qué listos que son, cómo se han apercibido de que aquí acaban, mueren, les aniquilan, les echan el cierre sin encima pagarles cuarenta y cinco días por año, que no vean a lo que se pondrían sus *severances* con dos mil inviernos en el negocio de la vida eterna, la buena y la mala, el paraíso y el infierno. A las barricadas, dice Paul que dicen, y de momento les funciona, que hasta Blair parece que se arruga, pero no se arruga, sólo es inglés, parece que dice una cosa y luego hace otra. Decidido: Cambridge, u Oxford, o si no Edinburgh. Como tantas y tantas veces, *go to England, you fuckin' young woman.*

Hotel Indalo. Curiosísimo lugar. En temporada, guiris desteñidos, lampistas de Glasgow y calafateadores de Belfast, lumpen obrero del más basto que aquí disfruta del alcohol más barato del continente. Algún indígena despistado, aunque poquísimos. Más o menos, como la inmensa mayoría de los hoteles que se alzan desde aquí al cruce con la carretera de Mojácar-Turre. Cuando acaba la temporada, el Indalo se transfigura. El Imserso ha florecido y nadie sabe cómo ha sido. Ya es primavera en la yayez. Autobuses y autobuses rebosantes de derrelictos humanos que vienen aquí por dos eurillos a pensión completa y otros dos para gastar. Mala clientela. Tosca, seca, desmedidamente antipática. Tacaña. Es natural. Son seres derrotados, amargados tras una larga vida de putadas. Aceptan la limosna del Imserso porque a ver qué, si no. Se les ha negado lo último que se les ha podido negar, la independencia en su vejez, la capacidad de ir donde quieran sin importarles cuánto cuesta. Preocupados, obsesivos, no se gastan ni los cincuenta céntimos de una caña porque mejor ahorrar, mejor tener cuidado con el dinero, que nunca se sabe qué pasará con la pensión, de qué vamos a vivir si nos la bajan, o nos la quitan, que sí, Manolo, que sí, que tú no sabes de lo que son capaces los cabritos estos, y nosotros, total, a quién coño le va a importar si nos morimos de hambre. Mejor, se dirán. Unos putos viejos menos. Estos diálogos de los premuertos, aviso, no son el fruto de la ensoñación. No son la consecuencia de un razonamiento deductivo y acerado. Son la transcripción de muchas conversaciones que Toñín atrapa desde su puesto al otro lado de la barra, sirviendo vasos de agua y mondadientes, y maravillándose de vez en cuando ante alguna propina de dos céntimos.

Toñín tiene diecinueve años y desde hace cuatro es camarero en el Indalo. Le conocí hace unos meses, en una fiesta que alguien dio en no recuerdo cuál de los clubes de golf de Sierra Cabrera. Me aburría, como es habitual, y por eso me fijaba en los inhabituales, los camareros del Indalo, que aquella noche no servirían copas a los yayos, sólo la cena, de modo que Toñín y cuatro más, liberados de la barra, pudieran pasar las bandejas en la fiesta. Toñín es bajito, aunque muy bien hecho. No sé si guapo es la palabra, pero enternece. Dan ganas de acariciarle. De mimarle. Moreno, aunque no renegrido. Cetrino, aceitunado, de ojos inmensos, tristes, muy hermosos y algo estúpidos. No es inteligente, aunque tampoco es imbécil de solemnidad. Me dijo en un aparte, sin duda deslumbrado porque una guiri vestida de imponente le hablase con sencillez y sin apenas acento, que vivía con sus padres y una hermana en un pisito junto al playazo de Vera, nuevo y con baño, que su padre pegaba ladrillos en la Manga del Mar Menor y sólo venía los fines de semana, que su madre planchaba en el parador nacional y su hermana era cajera en un súper de Garrucha. Él quería dominar el oficio, cambiarse a un restaurante de postín cuando abrieran alguno que aceptase camareros españoles, y juntar lo bastante para montar su propio chiringo, Chez Toñín o algo así, y desde ahí ya se vería, que no le daban las neuronas para vislumbrar más allá. Yo le oía sin oírle, sólo interesada en su piel, en su olor, en sus manos de niño, en sus dientes sorprendentemente blancos y en sus ojos oscurísimos. Justo lo que necesitaba, concluí. Yo, debo explicarlo, sobrellevo mis hormonas como buenamente puedo, como cualquier diosa fuerte, sana y de mi edad, pero a diferencia de lo usual en Sierra Cabrera prefiero no follar con los vecinos, ni con los compis del colegio. Instinto, si quieren, y experiencia vivida en cabezas de otras. Sierra Cabrera, y por mucho que les sorprenda, es un pueblecito andaluz. Todo el mundo se afana en que sea Virginia Waters trasplantado al desierto de Almería, pero debe corretear algún virus por los aires, o las aguas, porque se cotillea que no veas. No hay forma de guardar un secreto, y menos si es que te tiras a fulanito, bueno, a *whichever*, al tiempo de montártelo con menganito, o *whoknows*. Al minuto lo saben hasta los senegaleses, de modo que la vida social se vuelve fastidiosa, todo el mundo aparentando no saber pero todos pendientes de qué haces, qué dices, qué te pones. A quién te follas. De ahí que aprovechara mi viaje a Kovenhavn para ligarme un camarero del Radisson, un portugués de Albufeira de ojos también rasgados, para despedirme sin la menor pena del virgo maldito. No salió mal. No porque mi socio del momento fuese un artista, sino porque todo el tiempo llevé yo la iniciativa. Él se limitó a tenderse tripa en alto y mantenerla tiesa todo el tiempo. Yo empu-jaba cuando quería, me paraba si me dolía, insistía tras decirme que no era para tanto, y así, en cosa de cinco minutos, me vi con el caipira bien hasta mi adentro. Desde ahí, sexo normal, saludable y con condón. Siempre, hasta hoy, con el caballero bien vestido. Le visto yo, que no me fio un pelo. Tengo ganas de follar sin blindaje, aunque para eso hace falta empezar con la *pilule*, lo que no me acaba de agradar, y contar con un colega de acreditado estado sanitario, lo cual veo poco menos que imposible y más en estos duros tiempos que vivimos. No importa, me suelo decir. Ya llegará.

Quizá llegue con Toñín. Todavía, según parece, no ha empezado a disfrutar del raro don que la naturaleza concede a los camareros de Mojácar. No ha comprendido que muchísimas mujeres, de todas las edades, vienen aquí sin hombre adjunto buscando sexo del que no hay donde viven, con sus parejas, con su gente. Sexo joven, sano y sin consecuencias afectivas. Toñín, si en vez de servir agua del grifo en el Indalo llenara vasos de mal whisky en el Scoundrel's, el primero de los bares cachondos según caminas hacia el centro, a estas horas debería llevar la *waiting list* en un ordenador. Es el arquetipo del camarero follador por el que suspiramos las guiris, incluso las guiris residentes, como yo. No me lo pensé mucho. A la mañana siguiente, sobre la hora del aperitivo, me senté frente a él en la barra de su bar. Hola, Toñín. No, para mí no es una sorpresa. Terminas a las cinco, me dijiste. No vuelves hasta las ocho, ¿es así? ¿Qué pensabas hacer esas tres horas? ¿Irte a casa, echarte la siesta, ducharte y volver? Solo, ¿verdad? Sí, que no están ni tu madre ni tu hermana. ¿Qué te parecería el mismo plan, pero conmigo? Para follar, coño, que pareces tonto. Venga, tú, no digas gilipolleces. A las cinco, abajo, en el aparcamiento. No te retrases, que llevo el coño echando humo. Hasta luego, chiquitín...

No sabía. Infeliz. No era que debutase, sino que no sabía follar. Sólo meterla y correrse con cara de ¡ahí va! ¿qué ha pasado aquí? Yo tampoco era una experta, pero de imaginación voy sobrada. Pronto empezó a ir todo bien. Lo primero fue curarle sus terrores. El peor, que nos pillara su madre. Pues te pondrá una medalla, por tirarte tías como yo. Le daría un soponcio si le dices que te casas, pero mientras sólo sea follar con guiris de buen ver se correrá de gusto y presumirá un huevo con sus amigotas del parador. Después, suprimirle las prisas. Sólo tiene diecinueve años, y así le pasa, que nada más meterla se va. No lo puede resistir, es superior a él. Es tanto lo que le gusta, lo que se emociona, que no hay nada que hacer. Al segundo demarraje incontrolado cambié de táctica. Ya que del primer polvo para mí no queda nada, que no haya polvo. Que sea otra cosa. Le desnudo, despacio, sin dejar que me toque. Le tumbo, boca arriba y con la polla tiesa, de ir a reventar. Por mi parte, camiseta, shorts y bragas, por los aires. Desde ahí, lascivia de alta intensidad y baja velocidad. Le recorro, todo él. Le beso. Le lamo. Le acaricio. Le mordisqueo. No me importa que huela. Me gusta su aroma de requesón, tan de camarero. Por fin, el asunto. Se la cojo. No es larga, pero sí gorda. Bien, al menos en mi limitada experiencia táctil. Me llena la boca, pero no me llega lejos, no me hace toser, ni me produce arcadas. Ahora se la chupo, ahora se la estrujo. Paja, mamada, paja, mamada, en lenta sucesión y haciéndole gemir. Qué bien gime, pobrecito mío. Así, lo que buenamente aguante. Cuando veo que ya deja de ser placer, que casi es tortura, me separo un poquito, no sea que me salte un ojo, y acelero con la mano al tiempo de apretar. Qué deliciosas, sus convulsiones. La noto palpitar entre mis dedos, la siento adquirir el punto de dureza terminal –qué bonito el castellano, esa tabla incremental que se inicia en fláccida y luego sigue por morcillona, dura, dura con brillo, gloriosa, imperial, triunfante... cuán limitado, ay, es el inglés del amor– que precede a la explosión, o lecherazo, según dicen estos bestias. Qué potencia, qué caudal, qué parábola increíble, tanto que alguna vez ha llegado al techo. Qué aroma, en mi mano. Huele bien. Sabe regular. Menos mal que no es verde, como la de los conejos que puteamos en las prácticas de naturales; ésa sí que me repugna, no puede ser más asquerosa, pero la leche de Toñín, ángel mío, es como él: pura, limpia. Virginal.

Qué pronto recupera. Da gusto. Quince, veinte minutos, y de nuevo enhiesto. Ahora sí, ahora es otra cosa. Ya es follar. Él, torpe, intenta tocarme por ahí abajo, pero no le dejo. No con esas uñazas, largas, negras y descuidadas. Me toco yo, que lo hago mejor. Me siento encima y le hago penetrarme, pero el resto es cosa mía, yo dirijo, yo me muevo y al tiempo me acaricio al ritmo que yo quiero, ahora vuelo, ahora yazco. Ahora esprinto, ahora freno, ahora machaco, ahora vadeo. Me corro como una bestia, como una leona, sin ceder el control, sin dejar de mandar. Después le hago llegar, que no soy egoísta, pero sólo cuando yo ya he terminado. A veces le cuesta, porque a fin de darme gusto se ha pasado de multiplicar. Me separo, me levanto, le doy la espalda, me acuclillo, le paso el culo por la cara, que le vuelve loco –el *switch on* del turbo, debe ser–, y de nuevo me lo empalo. Desde ahí ya no puede más, todo es despeñarse y acaba por explotar, que no cabe otro concepto. Ahí le dejo, jadeando con la boca bien abierta, como una lubina sacada del agua, mientras en un par de saltos me cuelo en el baño, abro los grifos y rezo porque aún quede agua caliente. Tarda poco en acudir con su secular cara de asombro, *pero cómo puedes quedarte así, tan fresca, si a mí se me ha parado el corazón, si no sé si ya estoy muerto*, a lo que yo, romántica perdida, respondo con mi más amoroso *venga, coño, que se me hace tarde, si quieres te devuelvo al Indalo pero espabila, joder, que voy fatal de tiempo*.

Le dejo en el hotel, listo para volver a su realidad, a servir vasos de agua, quizá de vino acaserado, a esos viejos imposibles que le tratan como a un nieto aborrecido. Me dice adiós con la mano, aún alucinando por la moto, por la guiri y por el polvo. Dos horas de morar en el Walhalla y de nuevo a la mierda repugnante, la de todas las noches y todos los días, y menos mal que le salió ese curro y no anda por ahí jugándose los huevos en un andamio, porque a otra cosa no se llega, no se aspira, si sólo se sabe leer, medio escribir, sumar mal y restar peor. Es bonito rozarse con los dioses, pero mejor no deprimirse cuando se vuelven al Olimpo y te dejan ahí tirado, en el aparcamiento del Indalo.

No está. Qué cosa tan rara. Oiga, ¿y Toñín? ¿Por dónde anda? El *maître* me conoce. No me mira mal, ni bien. Otra golfa que se tira camareros jovencitos, tiene cara de pensar. Me ha visto varias veces con una Beck en la mano mientras quedo con Toñín.

Me mira, pero esta vez sin disimulo, de un modo raro, distinto.

–No lo sabe, ya veo. ¿No ha leído el periódico? Pues ha venido en todos, hasta en *El País*, la edición de aquí, de Andalucía. Fue hace tres noches. Volviendo a su casa de madrugada, él y otro chaval de aquí, del Indalo, en el vespinillo del otro. En la desviación de Garrucha, un guiri viejo, borracho, cegato y loco que se salta un stop y se mete a contramano. Volvían de cenar, él y algunos más, bien cargados, pero bien de verdad, y ninguno se acordó de que aquí se va por la derecha. Los estampó contra una casa. Sí, los dos. En el acto. Ya los hemos enterrado. Esta mañana. Ya, me hago cargo. También aquí estamos jodidos, hechos polvo. No podía ser más bueno, el Toñín. Pues nada, con Dios. Señorita.

Bien, pues hoy no follo. Qué putada, con las ganas que tenía. ¿Debería sentirme triste? No necesito engañarme. Toñín habría desaparecido de mi vida, seguramente para siempre, dentro de un mes. Nunca quise saber qué había tras él. Ni siquiera su apellido. Toñín era la bestia de joder, el cacharro de follar, y nada más. *Requiescat in pace, amen*. Será por camareros.

De nuevo en la carretera, rumbo sur a Carboneras, pero sólo dos kilómetros. Ahí tomo la desviación a las playas salvajes. La carretera ya no existe. Ahora es mezcla de sendero y pedregal. Hay casas a los lados, y alguna urbanización, pero los vecinos se resisten a ser asfaltados. El día que lo hagan las playas dejarán de ser salvajes, los guiris las infectarán y expirará el último baluarte donde la gente diferente se tuesta en pelota, se baña en pelota y en pelota endrapa un riquísimo arroz con bogavante. Mi lugar favorito está más allá de la playa de Agua Amarga, cinco kilómetros de serpentear entre baches y pedruscos, que no me quiero joder la suspensión. Un lugar donde siento una gran paz, aunque no sé por qué. Un lugar que sólo es mío, que no comparto con nadie de mi mundo, mi Olimpo de Sierra Cabrera.

Poca gente, lo normal hasta mediados de junio, cuando muere la cala salvaje y los veraneantes miserables afloran por entre las piedras. Somos los de siempre. Paco el del Chiringo, cuatro tablas y un sombrajo, que cocina unas paellas que te cagas, si no de ricas de oportunas y que siempre tiene calimocho en una neverilla rebosante de hielo industrial. Eris, fíjate qué peazo bestia –un bogavante vivo y negro que bate palmas con sus bocas–; sus voy haser un arrós que os vais a cagá por la pata abajo. Las que se cagarán conmigo son Núria y Ruth, dos tortilleras catalanas que viven aquí cerca desde hace ni se sabe. Núria ya es mayor, pero Ruth se conserva, tiene un cuerpo apetecible, goloso. Llegan a bordo de un Land Cruiser, que con menos es arriesgado venir aquí. Clavan sus sombrillas, extienden las toallas y dejan pasar las horas bajo el sol de los lagartos. En cueros, no hace falta que lo diga. Todos, aquí, como vinimos al mundo, salvo Paco, que luce un delantal que jamás conoció agua ni jabón, no sea que le salte aceite de las sartenes y se le abrasen los huevaños.

Un poco más allá, el paralítico. No habla con nadie, no sabemos de dónde sale. Ni nos importa una mierda, la verdad sea dicha. Llega en un X-5, se desnuda no sé cómo, baja una silla de ruedas, sin dejar que ni siquiera Paco le ayude, y se desliza despacito hasta un pino que se insinúa entre las piedras de la playa, pues nuestra cala sin nombre, a fuer de ser salvaje, carece de arena, y ahí se queda, sumido en sus pensamientos, porque ni lee, ni oye música, ni duerme. Otea el infinito, aunque alguna vez me mira el culo. Pobrecillo, me da pena. Se la chuparía de buen grado, pero todo indica que de ombligo abajo ya murió, ya no existe. Lo jodido es que sí le debe quedar un punto de deseo, que sus pelotas no están muertas, siguen segregando sus hormonas venenosas. Aún peor. El suplicio de Tántalo, versión fornicatriz. Una vez pregunté a Ruth, y dijo no saber, no importar. Otra vez me planté más o menos frente a él, haciéndome la distraída, y cuando supuse que ya se me habría comido el culo con los ojos, y bien, a gusto, giré bruscamente, clavando la mirada en su chinfanillo, y así seguía, como siempre, tan muerto como todo en aquel ser de ombligo para abajo.

Hay algunos otros, no demasiados pero sí los suficientes, para que Paco justifique aquel pedazo de paella, o de arroz con bogavante, que así le dice, tan fino y distinguido. No les conozco, jamás he hablado con ninguno, salvo Ruth. Me gusta Ruth. Tanto como para saber de su boca, una vez y según cagábamos tras un arbusto, que vivían allí cerca, que antes daban clase, las dos, en un colegio de Vera, pero que al jubilarse Núria se pidió la excedencia, para estar siempre con ella y así evitar que se deprimiera, porque Núria se deprime; a saber por qué, pues no lo pregunté. Me gusta Ruth, ya lo he dicho, aunque no por sus historias de lesbiana leal hasta la muerte, sino por su cuerpo. De cara es un caballo, pero qué piernas, qué pechos, que vientre, que parrús y, sobre todo, qué culazo, la *mare de Déu*, que aquí donde me ven hago mis pinitos en catalán, y sólo por lo poco que les pillo a los chicos del Canal Nou, que ahí arriba, en los mil metros de Sierra Cabrera, se coge la mar de bien.

Me lo quito todo y lo guardo en las alforjas de mi BMW. Me quedo con una toalla, el protector solar –esclavitudes de una piel como la mía– y las llaves de la moto. Me acerco a mis amables tortilleras, extiendo mi toalla cerca de Ruth y me tiendo un punto somnolienta, perezosa. Para cómo es mi piel ya estoy la mar de morena, pero aún lo quiero estar más, o eso me digo para seguir pensando, si no soñando, bajo el sol de los reptiles. No me dan miedo. Hay víboras en Sierra Cabrera, tímidas cornudas imposibles de ver para un ojo no entrenado. No se sabe que jamás hayan mordido a nadie, pero conviene ir con cuidado, que si no pesas lo bastante pueden mandarte al otro mundo y no de un modo amable. Son, de todos modos, cachorritos de yorkshire al lado de las western diamondbacks que cría tía Livy. Menuda mala leche, la que tienen. Qué pedazo de colmillos. Y qué venenosas, las jodías. Como mi tía. También es venenosa. En ocasiones me pregunto por qué Paul insiste tanto en verla. Yo ya se lo he dicho, me tiene sin cuidado que sea la gemela de mi madre. Para mí no es nada, sólo una bruja odiosa que cría serpientes para venderlas en los chiringuitos de su pueblo, que aún hay gente tan extraña que adora comer vipéridos crotalinos. Unos vipéridos que, a la que pueden, se arroscan bajo el sol y parecerían muertas si cada minuto no sacaran de paseo sus radares gustativos, su lengua bífida que les dice todo lo que aún no les han dicho sus fosas termosensibles, sus glándulas de Pitt. Son jodidas, las serpientes de cascabel. Háganme caso: si no saben tratarlas no se les acerquen. Yo sí sé. Aprendí de pequeña, y no gracias a tía Livy, sino a Hester, su capataz. Supongo que más cosas, pero ni lo sé ni me importa. Hester es un herpetólogo instintivo. Jamás ha estudiado, yo diría que ni el primer grado, pero sabe lo indecible de serpientes. Desprecia los vipéridos, como todos los que saben. Un palo un poco largo, doblado en un extremo, y eso es todo. Ninguno se le resiste. Ahora, que le pongan un elápido. Palabras mayores. En Texas hay algunos, serpientes de coral les dicen allí, pero hay muchos más en Alabama y en Luisiana. Se gana bien la vida, Hester. De vez en cuando alguien quiere construir en un lugar donde hay elápidos, y le llaman. Tantos dólares y usted nos lo limpia, sin ruidos y sin mosqueos, no vengan los cabrones del *environment care service* y nos metan un multazo. Usted las coge y ya sabrá dónde las suelta. Raro es el año que no desaparezca un par de veces, un par de meses, para mover de sitio unos cuantos centenares de reptiles protegidos por la ley. Por la ley americana y por la ley australiana, que de allí también le llaman. Es lo que más le gusta. Si algo venera Hester son los elápidos australianos, y de entre ellos la taipan. Nada existe más letal, me decía. Ni más inteligente. Son capaces de aprender. De distinguir. De ser entrenadas. De saber a quién matar y a quién no. De inyectar una dosis completa o sólo morder, sólo espantar. Nada existe más veloz, también. Ni más valiente. Nadie sobre sus cabales osa enfrentar una taipan acorralada. Te muerde, y no una vez ni dos, como las mambas negras, sus primas africanas. Sales de la refriega con seis o siete mordeduras, cada una capaz de mandar al más allá un elefante. Das diez pasos, quizá doce. Antes de llegar al suelo ya estás paralizado. No muerto, porque al veneno le queda mucho por hacer. Le queda descomponerte según respiras, según tu sangre contaminada circula por tu cuerpo ennegrecido. Estás casi muerto, pero consciente, y sólo puedes rezar. Son minutos, no demasiados, pero en ellos tus tejidos se deshacen, culpa de una enzima puñetera que se llama hyaluronidasa y que ningún bicho conocido genera en tal cantidad como la taipan de ojos negros. Qué bonito, me decía para mí según le oía, fascinada. Taipan de ojos negros... ¿las hay con ojos de otros colores? Sí. Rojos. Es la segunda serpiente más peligrosa del planeta. ¿Y la primera? La de ojos negros, Eris. Jamás te acerques demasiado a nadie que, como tú, sea rubia y tenga los ojos negros. Igual es otra taipan, y no lo sabes.

Tengo calor. El sol de junio, en el Cabo de Gata, es de andar con cuidado. Va llegando el momento de darse un remojón. Me levanto, miro un momento a Ruth, que me observa con interés, y pisando con cuidado me acerco a la orilla, dejando al paralítico por mi través de babor. Me mira, pero como miraría una vaca pastando. El agua en mis tobillos. Está fría. Sé que sólo es un momento, pero aun así vacilo. Un paso. Dos. Tres, y ya me mojo las rodillas. No es una playa delicada, desde luego que no. Tres metros y ya cubre. Un empujón a mí misma y ya floto, ya me alejo a muy buen ritmo, que las canadienses nadamos de puta madre, no sé si lo saben. ¿De veras soy canadiense? No. Nací en Montreal, de acuerdo, pero no soy de ninguna parte. De ningún sitio. Como todos aquellos conscientes de ser dueños del mundo, empezando por nosotros mismos. El hecho de haber sido parido en un lugar determinado no hace que dicho lugar, ni quienes lo infectan, posean derecho alguno sobre ti. No hay razas, no hay tribus, no hay naciones. Sólo hay gilipollas.

Adoro flotar al sol, moviéndome lo justo para no zozobrar. Estoy a unos cincuenta metros de la orilla. El paralítico, qué cachondo, me mira con sus prismáticos. Le saludaría, pero me refreno. Que disfrute, pobre infeliz. Alguien viene, a buena velocidad. Un *crawl* de profesional. Ruth. Esto huele a polvo, me digo con frialdad. ¿Por qué no? Estoy la mar de caliente, Ruth me gusta, jamás he jodido con una tía y debe faltar una hora para la paella. Todo a favor, pues. Me mira. Sonrío. Se acerca. Las manos, bajo el agua, van al pan. Las suyas y las mías. Nos abrazamos. Si el paralítico no resucita, es que no hay Dios. No lo hay, me digo en un vaivén de mi mente pendenciera, pero siempre queda la esperanza. Nos besamos. Buena lengua, vive Dios. Un zapato, casí. Debe ser buenísima para lamer un coño. Nos miramos. ¿Dónde? A flote, no. Sale mal y se te irrita el garbancillo, que alguna vez he probado sola para descubrir lo diferentes que son las aguas dulces de las saladas. A cien metros hacia el sur hay una caleta, la vemos desde allí. Desierta. Es porque tiene mal acceso desde tierra. Mejor: no tiene. Alguna vez he visto barcas entrando y saliendo, pero ahora no hay barcas. Nos entendemos sin hablar. Yo abro la formación, en línea de fila. Muchos nudos, pero mi matalote no se rezaga. Es más potente que yo, a los cuarenta y tantos que tendrá.

Rocas. Una es amplia, lisa. Una tabla de sacrificio. El de la iniciación. La mía. Chorreando, nos alzamos una tras otra, ella delante y remolcándome. Dios, casi me corro al abrazarla. Qué culo tiene, por favor. Mármol, y a sus años. Se debe matar en el gimnasio.

Me tumba. Despacio, aunque con firmeza. Quiere mandar. Me parece muy bien. Ella es la que sabe. Yo, aprendo. De cabeza, sin más trámites, por mi chocho. Qué palabra. Debería ser internacional. Lo que ganarían los WASP si la conocieran. Sabe, de veras que sí. Va derecha, tan veloz como puede, y lo puede todo. Menos de un minuto y estallo en un gemido incontrolable, la clase de sonido que hasta hoy no sabía era capaz de producir. Ruth sigue, y sigue, y yo me abandono entre oleadas de un placer nuevo, incontenible, y más bajo el sol del Cabo de Gata, lejos de habernos secado y con unas olas leves, tibias, muy suaves, que nos acarician de costado. Nos miramos. ¿Qué tal? Guau. Ahora yo. Nos invertimos, pero no es lo que Ruth quiere. Me lo explica. Ella se me come, yo me la como. Muy bien, por qué no, y más si ella está debajo. Qué muelle. Qué confortable. Qué bien sabes, Ruth. Yo sigo en llamas, ahora me doy cuenta. Me adelanto, si no es ella la que se atrasa. No me puedo controlar, no sé cómo seguir, pero ella me lo indica, sin palabras: los dedos. Ahora es ella la que se va, pero no como yo. Lo suyo es plácido, suave, aunque de veras profundo. Será la edad, me digo con desfalleciente interés; el de valorar que Ruth se corre al estilo del Kilauea mientras yo lo hice al del Krakatoa.

Yacemos, al sol, como náyades marinas acariciadas por unas olas tímidas. La marea, que regresa. El más intenso de los placeres, yacer allí, al sol del Mediterráneo. El sol de los dioses. No tenemos, en

América, ni dioses ni mediterráneos. Así nos va. Si yo fuera Bush miraría de comprarlos, el mar y las deidades, pero ahí ya voy viendo que regreso a la vida, que la dicha infinita lo es porque al tiempo es efímera, y además tengo un hambre de pantera. Ruth prefiere quedarse, y diría yo que un punto apenada. Yo, no. *Sorry*, tía, pero me comería el paralítico, silleja incluida. Se ríe, y me acaricia, pero no intenta retenerme. La vida, para ella, debe ya guardar muy pocos secretos.

Avanzo a muy buen ritmo, al depurado *crawl* del Club Náutico de Marblehead. La punta que separa las dos calas me queda ya por el través. A lo lejos, un paralítico que aún otea con catalejo. Me ve, y esta vez sí le saludo. Dejadme algo de paella, no se os ocurra zampárosla toda, le transmito de pensamiento, y quizá me oiga. Junto a él, en pie, Núria. Esperemos que no me monte un pollo, el número de la vieja bollera celosa, porque le estampo al paralítico en la cabeza, pero no debe ser eso. Como tantos amantes mayores, ha de saber que para conservar cerca uno joven hay que saber mirar hacia otro lado, siquiera de vez en cuando.

La orilla, en dos metros. Hago pie. Avanzo, majestuosa, escurriéndome la melena bajo el sol de los dioses. Los míos, los olímpicos, que no existe ningún otro. Paco, a lo lejos, gesticula. Eris, coño, que se me pasa el arroz. Ya voy, estoy cerca de gritar, aunque no lo hago. Sigo avanzando, despacio, y ahí me viene a la memoria la Venus de Botticelli... no, de Venus nada, eso fue una mariconada de los romanos. Afrodita, la querindonga de mi hermano Ares. Eris-Afrodita, naciendo de las aguas del divino Mediterráneo, y no puedo sentirme más dichosa.

La dicha de los dioses, los del Olimpo 2.0, el de Sierra Cabrera.

Aigües-Mortes, abril de 2005

ESTE LIBRO HA SIDO IMPRESO
EN LOS TALLERES DE
LIMPERGRAF. MOGODA, 29
BARBERÀ DEL VALLÈS (BARCELONA)